那年
我18岁

赵国春◎著

应急管理出版社

·北 京·

图书在版编目（CIP）数据

那年我 18 岁／赵国春著． -- 北京：应急管理出版社，
2024

ISBN 978 - 7 - 5237 - 0479 - 0

Ⅰ．①那…　Ⅱ．①赵…　Ⅲ．①散文集—中国—当代
Ⅳ．①I267

中国国家版本馆 CIP 数据核字（2024）第 051991 号

那年我 18 岁

著　　者	赵国春	
责任编辑	郑　义	
封面设计	宋双成	

出版发行　应急管理出版社（北京市朝阳区芍药居 35 号　100029）
电　　话　010 - 84657898（总编室）　010 - 84657880（读者服务部）
网　　址　www. cciph. com. cn
印　　刷　北京飞达印刷有限责任公司
经　　销　全国新华书店

开　　本　710mm × 1000mm¹/₁₆　印张　12　字数　163 千字
版　　次　2024 年 5 月第 1 版　2024 年 5 月第 1 次印刷
社内编号　20230618　　　　　　定价　39. 80 元

爱上阅读，学会写作

○凌翔

爱读书，读好书，养成阅读好习惯，这是近年来流行的好趋势。

阅读的好处毋庸置疑，越来越被专家学者及广大青少年读者认可。

大家越来越认识到，阅读将会对读者起到潜移默化的作用，既开阔了读者的眼界，也陶冶了读者的情操，它会不断引导读者不断提高自己的能力素质，调整自己的心情，缓解生活中的压力，帮助读者在丰富知识的同时增强胆识和气度。所以，引导广大青少年学会阅读，爱上阅读，阅读好书，越来越成为专家学者们的一大重要任务。

散文是一种抒发作者真情实感、写作方式灵活多样的记叙类文学体裁。广义地说，散文是与小说、诗歌、戏剧并列，在小说、诗歌、戏剧以外的所有文学作品的统称。但在当代，散文又专指那些形散而神不散、意境深邃、语言优美的文章，所以，当代散文又有了一个形象的称呼：美文。

散文的门槛不高，可以说，只要会写作文的人，都能够写散文。所以，在我国，每天都会有数不清的散文作品诞生。不过，尽管散文作品的量很大，但真正的好散文、真正能够传世的散文并不多。可以说，我们常见的散文大多是平庸的作品，所以为了能够在海量散文作品中发现优秀的散文作品，人们开展了多种多样的散文评选活动，其中名气较大的有冰心散文奖、三毛散文奖、丰子恺散文奖等。当下最为权威的散文奖项当数冰心散文奖，该奖项由中国散文学会组织，在著名作家冰心女士生前捐赠的稿费基础上设立，每两年评选一次，旨在评选出题材广泛、思想敏锐、能够深刻反映现实生活的优秀散文作品，被誉为中国散文界最为重要和专业的奖项。正因为此，每届冰心散文奖获奖散文作品集都极受欢迎，成为散文写作者的范本，也成为老师推荐学生阅读的精品。为了给广大读者提供更全面、更精美的散文阅读范本，我们从已经举办的九届数百名获奖作家中挑选出几十位最适合中学生阅读的散文家，请他们从自己所有的作品中挑选出文字精美、意境深远的作品，结集推出，希望编写出版一批为中学生所喜闻乐见的好的散文选本。

大家知道，与小说相反，散文是写实的，散文作家在写作时，如同用照相机拍照一样，用他们的笔墨触及身边的人、事和风景。即使是历史散文，作者笔墨描绘的也都是真实的人和物，所以，真实是一篇好散文要满足的首要条件。其次，好的散文在"形"散的基础上，实则上是"神"的聚焦，是思想的聚焦、灵魂的聚焦。正所谓说东话西，全都是为了一个中心。第三，散文注重抒情，注重遣词造句的美与高雅，注重每个篇章、段落之间层次的递进、并列和呼应，所以，散文又是不拘一格的。正因为此，阅读欣赏散文作品时，要能够阅读出新词妙意，阅读出谋篇布局，阅读出作者的所思所想，阅读出作者字里行间散发出来的对生活的热爱和对美好人生的向往，以及对万事万物的兴趣和景仰。

千万别指望别人给你提炼出一二三四的写作方法，即使有人总结出了什么写作诀窍，也千万不要相信。写作从来都没有捷径，要想写出好文章，必须进行深入的阅读，阅读最好的作品，阅读的同时不断分析作品，把作品拆开来思考。只有读出了每篇作品的结构组成，读出了人物刻画的方法，读出了语言运用的技巧，才会把优秀作品的营养吸收下来，从而转化为自己写作的智慧。

写作的门槛确实很低，但写作的台阶却很多、很高，我们每迈上一级台阶，都需要付出很多很多的汗水。让我们一起多读好文章吧，为自己写出好文章积累砖瓦，达到"对事物的观察十分细致，对人物的刻画九分入骨，对心灵的把握八分精准"的标准。

目录

目录

目录

第四辑　文友对话

目录

第一辑

黑土情话

我知盘中餐

"锄禾日当午，汗滴禾下土。谁知盘中餐，粒粒皆辛苦。"谁人不知这是李绅《悯农》诗两首中的第二首，此诗脍炙人口，妇孺皆知，千古传诵。可恨的是，有些人深知"粒粒皆辛苦"的含义，却明知故犯。

我国是世界文明古国，在悠久的农耕文明中，关于"俭以养德"的名言有很多："君子以俭德辟难""克勤于邦，克俭于家""由俭入奢易，由奢入俭难""取之有度，用之有节，则常足"，等等。重温这些名言，使我们深刻认识到，勤俭是中华民族的传统美德和优良作风，我们理应身体力行、发扬光大。

历史和现实告诉我们：一个没有以勤俭节约、艰苦奋斗精神支撑的国家是难以繁荣昌盛的；一个没有以勤俭节约、艰苦奋斗精神支撑的社会是难以长治久安的；一个没有以勤俭节约、艰苦奋斗精神支撑的民族是难以自立自强的。因此，我们更需要大力弘扬"俭以养德、惜粮节粮"的粮食文化，在全社会大兴节约粮食资源的优良风尚。

前不久，习近平总书记做出重要指示：坚决制止餐饮浪费行为，切实培养节约习惯，在全社会营造浪费可耻、节约为荣的氛围。党中央如此重视"舌尖上的浪费"，足以看出节约对于一个大国的重要意义。

节俭不仅是一种美德，更是一种精神。作为"中华大粮仓"的北大荒，昨天需要它，今天需要它，明天更需要它。全国人民乃至全世界人民都需要节约粮食，杜绝舌尖上的浪费，毕竟地球上的资源太有限了。

我的孩提时代物资匮乏，没有条件浪费粮食。至今，在我的记忆里，仍铭刻着儿时挨饿的情景。

那是在我五六岁的时候，当时我家住在北大荒的九三农垦管理局新村，就是今天九三一中的斜对面。当时，正是三年困难时期，根本看不到大米、白面等细粮。寒冬腊月，我们几个小朋友跑到房前的公路上，捡运黄豆车撒下的黄豆。黄豆和铺路的沙石一个颜色，很不好辨别。如果遇到雪天，汽车把路上的积雪轧实了，撒在路上的黄豆就容易捡到了。常常是捡不到完整的黄豆，捡到的都是被车轮碾轧过的黄豆瓣。摘下棉帽子，把捡到的黄豆瓣放到帽子里。捡到十几粒就往家里跑，到家后就把黄豆瓣放到火炉盖上烤一会儿，熟了，就用个小棍儿扒拉一下，放在嘴里一嚼，那是真香，比今天吃炒花生米都香。现在想起来，真的有些后怕：一是公路上运粮的车多，我们小孩儿在马路中间捡东西太危险；二是当时天很冷，为了捡几粒黄豆，冻感冒了怎么办？然而这就是北大荒大粮仓五十多年前真实的景象。

20世纪60年代后期，因为农场农业机械化程度还不是很高，如果麦收时遭遇连续的阴雨天，成熟的麦子泡在水里，人们就得穿雨靴下地捞麦。把有限的好麦子交给国家，我们大约得吃一冬天这样的黏面馒头。那些日子，有时候做梦都是吃大白面馒头。这就是今天说的发扬北大荒"顾全大局"的精神吧。

难吃的还有发霉的馒头。那年，我娘领着弟弟妹妹回山东老家了，爸在家给我们做饭。三伏天馒头蒸多了，放到第二天就有点馊了。可是爸爸舍不得扔掉，就和我们一起吃。馒头吃在嘴里，干嚼也不愿意往下咽。我感觉自己像没有娘的孩子一样，心里有点委屈。不过最后还得把霉馒头咽下去。我想，爸爸当时看着我们吃馊馒头的情景，他心里也一定不是滋味。

我参加工作以后，虽然在农场参加劳动的时间不长，可还是深知种粮的艰辛，深知每一粒粮食来之不易。当然，也是因为当年穷怕了、饿怕了。

我在北大荒博物馆十多年，工作内容从筹建到大纲撰写，从布置陈列展线到讲解词的起草。我深知，北大荒开发建设75年的历史，就是为共和国多打粮食的历史。半个多世纪以来，有几万人为把北大荒建成共和国的大粮仓，奉献了青春、热血，甚至是自己宝贵的生命。

北大荒博物馆第三展厅"北大荒故人墙"，是一面特殊的墙，因为在由100块铜板组成的墙上，铭刻着12429位先驱者的英名。宝泉岭分局、宝泉岭农场……黑龙江垦区9个分局、105个农牧场和17个总局直属单位，先驱者的英名刻满了每一块铜板，他们是来自全国各地的复转军人、地方干部、城市知识青年、内地支边青年和大中专毕业生。这万余名先驱者，哪个不是在为北大荒大粮仓建设中做出了牺牲！

　　几十年来，我已养成节约粮食的好习惯。我除了自己节约每一粒粮食外，在儿子小的时候，就要求他吃饭时也不要剩。现在，又开始要求孙女了。身教胜于言教，和孙女在一起吃饭的时候，我首先把自己碗里的饭吃干净，才能要求她也把饭吃干净。到饭店用餐，除了"光盘"就是打包。

　　2019 年，我应哈尔滨学院的邀请，去给他们讲"北大荒精神"。结束前我和他们说："学习'北大荒精神'，要从一点一滴做起，要从自己做起，我们不要求你们非得到北大荒的田野里耕种，当下能做到的是别浪费粮食，因为我深知粮食的来之不易。"我真的不知道我这番话是否能起到一定的作用，是否能让节约每一粒粮食成为他们的自觉行动。

亲亲我的馒头

薄薄的一层白雪，覆盖着墨绿色的麦苗。

北大荒的春天，当小麦苗长到一寸多高的时候，外人看到被白雪覆盖的麦苗，会担心麦苗被冻死。种地人却喜出望外，当地曾流行这样一句农谚："小麦盖层被，搂着馒头睡。"农谚不仅告诉人们，今年的小麦丰收已成定局，也反映出了种地人顺应天时的乐观心态。

馒头，既是中国人的传统面食，又是北方人的日常主食之一。传说馒头是三国时期诸葛亮发明的。《三国演义》中讲述诸葛亮七擒孟获、平定南蛮之后，过江时受战死冤魂阻拦。诸葛亮面对此景心急如焚，想来想去只好祭奠河神，求神降福惩魔、保佑生灵，诸葛亮不忍心用人头祭祀，便发明了形似的馒头为替代品。于是他下令杀羊宰猪，以面包肉为人头，投入水中以示供奉。

平时，我最喜欢吃馒头，几天不吃就想，天天吃也不腻烦。馒头，在面食里是再普通不过的一种主食。它有点像水果里的苹果、蔬菜里的大白菜、肉类里的猪肉，虽然普通，却是老百姓离不开的。

20世纪60年代初期，我家住在九三管理局局直新村。有一天，只有五六岁的我，和姐姐来到了爸爸的单位九三医院食堂。当时，正是三年困难时期，根本看不到大米、白面等细粮。到了食堂后，爸爸当时好像不在，赵叔叔搬来板凳，把我抱到了凳子上。他给我拿了一个暄腾的白面馒头，我就狼吞虎咽地吃了起来。不一会儿，一个馒头吃完了，赵叔叔看我好像没吃饱，又给我拿了一个，我又很快地吃没了，等我把第三个馒头吃完时，他们不敢再给我了，怕把我撑坏了。那是我第一次吃那么多馒头，我感觉馒头是世界上最好吃的东西。吃馒头在当时来说，简直是一种奢望。六十多年过去了，这件事仍让我记忆犹新。

哈尔滨著名作家阿成在散文《六只小狼》中曾经这样写道："在全国人民都挨饿的年代，粮食就是中国人的纲，就是民族的魂，就是每一个人的生命和情感的全部。"

后来，随着北大荒经济的发展，职工家庭的生活有了很大改善，每天吃馒头已不再是梦想。上学的时候，如果早上起来晚了，我就到厨房锅里拿一个馒头掰开，中间夹上点咸菜，在上学的路上，一边和同学走着，一边就把早餐解决了。晚上，如果想去电影院看电影，来不及吃晚饭时，如果没有咸菜，夹点大酱也可以，当时为了一饱眼福，也不觉得饿了。

那个时候，我最爱吃娘蒸的馒头。有时饿急了，刚出锅的馒头啥菜都不用，三下五除二就把一个大馒头吃了。

据说，当年有些来北大荒的城市知青，尤其是来自哈尔滨市和齐齐哈尔市的，为了能有馒头吃，下乡时托人来到兵团。逢年过节知青们往家里带的东西，除了豆油和黄豆就是白面。后来，我发现农场的孩子长得人高马大的，除了父母的基因外，主要就是大白面馒头滋养的。蒸馒头的面是经过发酵的，所以馒头不但松软适口，而且易于消化。知青们刚来北大荒的时候，都是身体单薄的城市小孩，而几年后返回城里时，男青年基本都成了膀大腰圆的小伙子，女青年也成了发育成熟的大美女了。

记得我念初中的时候，每到秋天，学校就会组织我们到农场去支援麦收。午餐的时候，二两重的馒头有的同学一顿饭能吃 6 个。送饭的车一到地头，我们就马上蜂拥而来。每个小组打一盆青椒炒土豆片或者大头菜炒粉条，有时菜里放几块肥肉片子，同学们几乎都是左手举着用一根筷子插着的馒头，右手用筷子快速夹盆里的土豆片，速度慢了，吃不到几口，菜就没有了。当时，我一顿饭吃馒头的纪录也达到了 5 个。

每到逢年过节，家里的大人开始忙着备年货。家家都蒸干粮，主要是馒头，也有豆包、糖三角。当时都没有冰箱，人们就把馒头冻在院子里的空水缸里。忙活了一夏天的人们，正月里"猫冬"的时候，都不愿意做饭，冻馒头、冻饺子可解决了大问题。

爸爸蒸馒头的手艺，是他年轻的时候在山东老家学的。20 世纪 50 年代初期，我们家开了个馒头店，就在淄博市周村街里。20 世纪 70 年代我回老家探亲时，还在老宅子的大门上隐隐约约看到一行小字："本店小本生意，概莫赊欠。"

　　我不光愿意吃馒头，也很早就和爸爸学会了蒸馒头。蒸馒头看起来简单，操作起来却是蛮有学问的。面发好后，用碱是最关键的步骤。碱用多了，馒头开花还发黄，碱味也很难闻；如果碱用少了，蒸出来的馒头黏且发酸，吃了容易胃疼。爸爸教给我识别碱大碱小的办法：用菜刀在揉好的面上划开一个口子，看看刀口两面的蜂窝孔，比芝麻粒儿大，是碱少了，比芝麻粒儿小，就是碱多了。碱少了可以再放点，碱多了面就多醒一会儿。当然，有经验的人，用手拍一拍揉好的面团也能听出来。

　　爸爸和我说过："蒸馒头火要旺、水要多、气要足。必须等蒸锅里的水沸腾才能往锅里装馒头。锅盖一定要严，中途不能揭开锅盖，一般20分钟足够了。开锅十多分钟后，充满麦香的馒头味，就从锅缝漫了出来。馒头只有蒸熟、蒸透了，吃的时候才能嚼出麦子的香味。"我的体会是，要想馒头好吃，用碱的时候要反复用力揉。馒头剂子成型后，要有足够的醒面时间。

　　如今的馒头，做法各异，口味不同，由此衍生出了各式各样的馒头，除了当年的白面馒头、开花馒头、饬面馒头、玉米面馒头，还有杂粮馒头、点心馒头、红糖馒头，叫法也不尽相同。可我还是最喜欢吃普通的白面馒头。

　　今年疫情严重期间，外面的馒头店和超市都关门了，没有卖馒头的地方了。待在家里没事做，我也尝试着用酵母蒸了两次馒头，想给夫人露一手。结果馒头出锅后，看着还可以，吃起来却有点软塌。老伴儿不捧场，害得我一个人吃了好几天。后来，封控解除了，很多店家都复工开业了。为了省事干脆还是买吧，早市摊、馒头店、超市里，哪里好吃就买哪里的。

　　现在，我家冰箱里，大的小的、圆的方的、人工的机制的，冻了好几种馒头。想吃哪种吃哪种，好像只有这样，我心里才踏实。

鸡年的感受

鸡年到了，在严寒中的哈尔滨，我迎来了第五个本命年。回想经历过的四个本命年，感慨颇多，感受迥然。

1957 年，我出生在集贤县的二九一农场。这个农场，是用父亲部队的番号命名的。听父母说，我出生还未满月，就患感冒高烧，得了肺炎。农场当时的医疗条件有限，父母连夜把我送到佳木斯医院抢救。医生埋怨我父母为什么不早点来，孩子的病这么重他们治不了。后来，父母央求医生，你们尽力治吧，治不好也不会怨你们。后来，可能是亲情感动了上苍，我终于康复出院了。

也是这一年，宁安农场等北大荒第一批农场已经开发了十个年头。十万转业官兵大规模的开发，还未拉开序幕。父亲和他的几十个战友，从三江平原被调转到千里之外的松嫩平原的九三管理局，一直到父母长眠在那里，他们再也未离开那片土地。那年，在母爱羽翼的庇护下，我活下来了，我是一只"幸运的鸡"。

12 岁那年，也就是 1969 年，上小学五年级的我，迎来了第一个本命年。此时，"文革"也进行了三年。我家所在地，当时是中国人民解放军沈阳军区黑龙江省生产建设兵团某师师部。小学学校发的许多珠算、描绿等课本，也都没有人教了，我们跟在游行的队伍后面，捡红红绿绿的传单。我们整天看着身穿军大衣的知青们，不是军训就是开会，要不就是演节目、朗诵诗歌。

我还清楚地记得，这一年苏军入侵珍宝岛，我边防部队自卫反击，中苏关系日益紧张。学校组织我们在校园周围的树林里挖了许多防空洞，打起仗来树林里好隐蔽。可树根太多不好挖，挖了一周时间才挖了个小坑，人钻进去了，屁股却露在外面。晚饭后我每天去电影院蹭电影尾巴，开始写点赞美样板戏的顺口溜。这时，我应该是一只"成长中的雏鸡"。

我的第二个本命年是 1981 年。24 岁这年，我已经参加工作 7 年了。7 年里，我从四十六团七连借调到九三局粮油加工厂，又调到九三修造厂。后来，又调到九三管理局工交党委办公室，担任宣传干事、团委干事、武装干事。每天除了工作，就是复习考试。除了初中、高中要重考外，还要参加全国新闻职称考试。业余时间开始写点东西，我的第一首诗歌《粮山要比群山多》在《屯垦戍边报》发表。就在最忙碌的时候，我的儿子出生了。从此，我的家里又多了一个属鸡的。我在这一年，是一只"奔波忙碌的鸡"。

我的第三个本命年是1993年，这年我36岁。这12年来，我的工作变化较大，创作成绩也相对多了些。我从工交党委办调到《九三报》当副刊编辑三年多后，又调到了黑龙江省农垦总局党委宣传部；我的第一篇散文《霜花赋》，曾荣获黑龙江垦区"在先辈开垦的土地上"征文一等奖；散文《我的勤奋斋》也在《人民日报·海外版》发表；我的第一本散文集《珍藏的记忆》在百花文艺出版社出版；我还加入了黑龙江省作家协会。

来到佳木斯后的这段生活，是我们家经济状况窘迫之时。孩子读初中，家里没有房子住，爱人没有工作。与其说是奋斗，不如说是挣扎。今天回头一望，真有些后怕，当时不知是怎么熬过来的。在佳木斯那10年，我搬了6次家。这年，我充其量是一只无家可归的"流浪鸡"。

我的第四个本命年是2005年，那年我48岁。这期间，单位搬到了哈尔滨市，我家也搬进了新房，妻子和孩子都有了工作。我先后荣获第三届丁玲文学奖、全省自学成才奖和"省优秀文学组织工作者"称号；我也被中国作协批准为中国作协会员；我的传略被收入《中国作家大辞典》；我写的第一本传记文学《荒野灵音》在北方文艺出版社出版；第二本传记文学《一个女作家的遭遇》在哈尔滨出版社出版；我的创作成绩被选入《黑龙江文学通史》。我被省文学院聘为第四届合同制作家；传记文学《丁玲在北大荒的日子》被选入漓江出版社《2004年中国最佳传记选》；我的传记文学《北大荒的"管天人"》荣获第三届中国传记文学优秀作品奖；我的散文集《生正逢时》荣获第三届冰心散文优秀奖；我的文学成就被收入吉林人民出版社出版的《东北文学60年》；散文集《我们的北大荒》在上海文艺出版社出版；散文《真想我的亲娘》荣获第三届"漂母杯"全球华文母爱主题散文大赛二等奖；我当选为北大荒作家协会主席；长篇传记文学《风雪人间北大荒》在北方文艺出版社出版；还被中国散文学会特授予"突出贡献奖"。

我也从总局文体局被抽调到北大荒博物馆筹建办，这年 9 月初，北大荒博物馆正式开馆。这段日子，可以用一个成语概括：安居乐业。多年追求的目标，终于在我中年的时候实现了。好像来得晚了一些，但总比还没有实现强多了。当时，我应该是一只"成熟沉稳的鸡"。

回首四个鸡年，才知道人生五味杂陈，酸甜苦辣咸都应尝一尝。如果把人的一生当成一段旅程的话，我们经历过的每个本命年，都是一个里程碑。

不期而遇的第五个本命年——2017 年，是我退休后新生活的开始。卸下了肩上的担子，放下了背着的包袱，轻松地回归家庭。摘下了戴了多年的面具，也摘下了一些与我不相干的虚职。做点自己喜欢做的事，做点自己能做的事，做点自己该做的事。静下心来写作，名副其实地当一回"坐家"。这时的我，应该是一个无拘无束"闲逛"，自由自在的"溜达鸡"。

牛年说牛

鼠年慢慢地离去，牛年缓缓而来。从来没有这样期盼过新年，都是疫情闹的，恨不得把鼠年远远地甩在身后。

在中国人传统观念里，牛是吃苦耐劳、努力奋进的象征，人们迫不及待地迎接这个蕴涵着"牛"味的一年。

盼牛年的到来，也不光因为民间流传的一句"牛马年好种田"，还因为在我国广泛流传着内涵丰富的牛文化。

牛是中国人生肖中第二种动物，排在鼠之后。为什么令人讨厌的老鼠却排第一呢？

古代一昼夜分为十二个时辰，当时一个时辰等于现在的两个小时。如半夜为子时，日出为卯时，中午为午时，日落为酉时。古人根据动物出没活动的时间规律，把十二时辰配上了生肖。

子：子夜十一时到第二天一时，这时候老鼠的夜间活动最活跃，"子"就同鼠搭配了。

丑：牛吃足了草，从凌晨一时到三时还在"倒嚼"，准备清晨出来耕地，所以"丑"就同牛搭配了。

从牛后面的虎一直到猪等十个属相，都有类似的解释。牛在人类面前的威望再高，看来也只能屈尊第二了。

开始用牛耕田，大约在两千多年前。我们的祖先用辛勤劳动耕耘土地，种植作物，创造了社会财富和物质文明。牛是人们的忠实助手，为人类社会发展做出了巨大贡献。

人们都知道牛会耕地，其实古代牛最初是用来拉车运送粮草为战争服务的。据说，商汤灭夏时，由于商朝人使用牛运送军需品，才在长距离的战争行动中取得了胜利。

牛是人类的朋友，以耕地和拉车为主。

在非洲人的生活中，牛具有重要地位。牛是人们社会地位的象征，牛越多，就越富，声望就越高。非洲的马达加斯加和博茨瓦纳有"牛之国"的称号。

在中世纪的欧洲，不止一个皇帝发布过禁止屠宰和消费耕牛的命令。在中国南方，还流行着一种与佛教毫无关系的牛崇拜。牛象征着春天，因为它是开春后下地耕田的，连皇帝都要参加这种开犁仪式。

我国少数民族地区对牛文化的弘扬要超过汉族。仡佬族民间传统节日"牛王节"，就说明了这点。"牛王节"也叫敬牛节、敬牛王菩萨、祭牛节。相传，农历十月一日是牛的生日，为酬谢牛对人类所做的贡献，凡养牛之家都要在这一天停止使用耕牛，用最好的饲料喂牛，还要用上好的糯米做两个糍粑，分挂于牛的两角，把牛牵到明镜般的水边照看影子，使它高兴，谓之"替牛王祝寿"。热心的人家还杀鸡、备酒。除此之外，壮族也有"牛王节""开秧节"，是在每年的农历四月初八。

在我国民族民俗文物中，和牛相关的数不胜数，如牛虎头、牛角号、牛角龙头、牛角头、牛尾帽子等，仅有据可查的就达80多种。

如今在广西部分地区，农历正月初一到十五仍流行着"舞春牛"的习俗。"春牛"用竹片编制，牛头、牛角糊上一层厚厚的棉纸，画上眼鼻等，牛身用灰布或黑布缝制。舞时，两人钻到布套做的牛身中，前者撑牛头，后者弯腰拱背摇动牛尾，脚上穿牛蹄形布套。还有一人扮耕田人，头包手巾，手执犁杖跟在后面，另有专门领唱《春牛歌》的歌手和提灯笼、打锣鼓的人。

"舞春牛"一般在晚上进行。舞牛队敲锣打鼓，边舞边走，每到一村，先到土地庙前表演一番，名之为"老虎入村投土地"，然后挨家挨户表演。歌手先领唱《春牛歌》，一唱众和，歌停则锣声起，"春牛"随之舞动，祝贺人寿年丰、吉祥如意。主人往往热情款待表演者，有的还送贺年红包。一村舞完，次日晚又转一村，直到元宵节才结束。

生活中的老牛有时候是通人性的。多年前，我就领教过老牛的倔强性格。那是在20世纪80年代中期，也是一个牛年。我所在的九三报社要编辑一版和牛有关的新闻，领导派我去了尖山农场某生产队，这个生产队刚刚从外地引进了一些奶牛。农场宣传部的同志陪我到了一家养牛户，说明了来意，但主人拒绝采访。大概是因为人家刚开始养，也没有什么经济效益。我们在表示理解的前提下，想给正在吃草的几头奶牛拍张照片，回来好向领导交差。但主人坚持不让拍，正在院子里吃草的几头奶牛好像听懂了主人的意思，只要我把照相机镜头对准奶牛，奶牛马上就把头扭过去，把屁股冲着我们。我马上调整位置，又把照相机对准奶牛，奶牛又把屁股扭过来。由于主人和牛都不配合，那次的采访失败了。如今事情过去36年了，懂事的牛给我留下的印象仍非常深刻。

我也喜欢带"牛"字的成语，如"初生牛犊不怕虎""牛气冲天""小试牛刀""汗牛充栋"等。

在牛年到来之际，遇事不能钻"牛"角尖，办事不能泥"牛"入海，解决问题要抓"牛"鼻子，当领导的也别鞭打快"牛"。让我们争当为民服务的"孺子牛"、创新发展的"拓荒牛"、艰苦奋斗的"老黄牛"。

酒人说酒事

在熟悉我的人眼里，我应该算是一个喝酒的人。四十多年来，喝过多少种酒，我已记不清了。喝过名酒茅台、五粮液、西凤，喝过本地产的北大荒、雁窝岛、塔河老窖、龙门福地。对酒文化的认识，虽觉得肤浅，可我还是愿意和读者分享分享。

酒，不仅与人类社会同步发展，也伴随着我们每个喝酒人的一生。从"满月酒"到"周岁酒"，从"升学酒"到"晋升酒"，从"祭祀酒"到"节庆酒"，从"接风酒"到"饯行酒"，各种各样的酒，名目繁多的酒，让我们生活离不开酒。也因为酒的存在，让我们的生活更加美好、醇香。

我喜欢喝酒，却没有酒瘾，对酒精没有依赖性。我喜欢和朋友喝酒时的那种温馨氛围，那种微醺时和朋友聊天的愉悦感。

几十年来，我在喝酒上大体经过这样几个阶段：二十多岁学酒，三十多岁找酒，四十多岁酗酒，五十多岁躲酒，六十多岁品酒。现在除了必要的应酬外，平时基本不喝。如果一周都没有应酬，周末晚上，自己在家喝一两好点的酒，解解馋。

我喝酒的条件是比较苛刻的：没有菜不喝，酒不好不喝，低度的不喝，杂牌子不喝，假酒不喝，太便宜的不喝，新的酒不喝，不明来路的散装酒不喝。本来喝酒就是一种享受，不能盲目饮酒，自己找罪受。

我喝酒有四忌：一忌喝急酒，开喝没有多久，一大杯酒几口就干掉，肝受不了；二忌空腹喝酒，饿了一天，啥也没吃，上桌就干，胃受不了；三忌"掺"着喝，先喝了几杯白酒，再喝几杯啤酒或者红酒，肝和肾都受不了；四忌"连"着喝，中午喝一顿，晚上换个酒店又喝一顿，半夜再喝一顿，纯属既糟蹋身体又祸害酒，这样喝酒不醉才怪，第二天就像得场病一样难受。

一般的喝酒人，是抵挡不住美酒的诱惑的。常常是"不喝不喝又喝了，少喝少喝又多了"。酒是水的外形、火的性格。一个评酒大师曾经说过："酒若离开了文化内涵，就是一股辣水。"

喝酒得掌握一个度，过了自己的量，酒就是毒药。莎士比亚说过："每一杯过量的酒，都是魔鬼酿造的毒汁。"

经常喝白酒的人，也总结出一套酒嗑："装在瓶里像水，喝进肚里闹鬼，喝多了后悔，走路绊腿，半夜醒了找水。"

李时珍曾经这样写过酒："酒，天之美禄也。面曲之酒，少饮则和血行气，壮神御寒，消愁遣兴；痛饮则伤神耗血，损胃亡精，生痰动火。若夫沉湎无度，醉以为常者，轻则致疾败行，甚者丧邦亡家，而殒躯命，其害可胜言哉！"

明知道喝多了酒对身体有害，也清楚每顿少喝一口，就可以多喝几年，可真的端起酒杯后，基本上是不喝好不罢休。

由于受到传统酒文化的影响，中国人喝酒历来崇尚浅斟、慢饮，故称之为饮酒而不叫喝酒。据传，柏杨先生将饮酒分为五种类型，即"雅饮、豪饮、可怜饮、半掩门饮及王八蛋饮"，"雅饮"即是中国典型的饮酒类型。随着人民生活水平的改善和某些腐败现象的滋生，在少数人中仍存在着凶饮、豪饮，甚至酗酒的现象。

喝酒的人在民间也是有段位的，从低到高应该是"酒徒""酒鬼""酒仙""酒圣"。我熟悉的酒友中，多数停留在"酒鬼"状态，达到"酒仙""酒圣"段位的很少。

在我长期生活的北大荒，那里酒文化气氛浓厚。在北大荒的酒文化中，最有特点的民俗还是"鱼头酒"。

作为一种规矩，到北大荒来做客，东道主一定会安排一盘鱼。不管是海鱼、江鱼，还是人工养殖的水库鱼，也无论是清蒸还是红焖、家炖，也不管是黄花、白鲢还是鲫鱼，饭店服务员上鱼时，一定会把鱼头对准本席的主客。吃鱼之前，必须得让鱼头对着的贵客喝一杯"鱼头酒"；鱼尾对准谁，也须喝一杯"鱼尾酒"。然后，喝过"鱼头酒"和"鱼尾酒"的二位，可行使"酒权"，由鱼头对准的这位"点炮"，即用筷子把鱼眼睛夹出来，放在东道主的吃碟里，叫"有目共睹"；也可以在别人的帮助下，把鱼头下面的另一个眼珠抠出来，给自己尊重的另一位，叫"暗送秋波"。喝过"鱼尾酒"者，可把鱼尾分成两块，分别送给桌上的两个人，美其名曰"有福同享"。接着，几位得鱼眼、鱼尾者，共饮一杯酒。这些程序结束，东道主便让喝过"鱼头酒"的客人"剪彩"，即用筷子夹一块鱼肉自己先吃后，大家方可去吃鱼。

"剪彩"之前，如果谁先吃了鱼，必须严格按照"酒规"罚一杯酒，否则，准有人带头起哄，大家对此也会议论纷纷。

如果喝过"鱼头酒"者想让大家共喝一杯酒的话，也可以把鱼眼珠夹起来放到右边人的吃碟里，然后往下传，这叫"珍珠传情"；放到鱼腮上，这叫"光芒四射"，大家都得喝酒。鱼腹对准的客人，叫"推心置腹"；鱼背对准的客人，叫"背（倍）感亲切"；把一块绿色的菜肴放到鱼身上，叫"一绿（律）全喝"。总而言之，大家都得喝一杯。

据说，北大荒这种"鱼头酒"的风俗，已传到了俄罗斯，从俄罗斯归来者，在异国他乡也受到了贵宾的礼遇，喝到了"鱼头酒"。

不过，今天的北大荒，在有鱼的酒席上，主人如果不是为了营造一种气氛的话，常常省去这道烦琐的"剪彩"仪式。

喝酒不仅是我生活的内容，酒人酒事也是我文学创作的素材。二十多年前，我曾经写过的《国家级评酒员韩印》，选入我的第一本传记文学集《荒野灵音》，由北方文艺出版社出版，面向全国发行。这是我第一次把酿酒人写进我的作品里。

喝酒的同时，我也把酒桌上的故事与风俗，写成散文，我先后在《中国文化报》《羊城晚报》《黑龙江日报》上发表了《北大荒的"鱼头酒"》《老酒伴我思乡情》《难以割舍的情怀》。

因为我喝酒、爱酒，近年来我逐渐对酒文化进行了一定的研究。我经常被聘请参加酒企的活动，先后在北大荒酿酒有限公司"国粮 1 号"、绥滨龙门福地酒厂"龙香经典"品鉴会上，做了"如何弘扬中华酒文化"的发言。我还帮北大荒酿酒公司创办了"北大荒酒博物馆"，面向全国组织了"我与北大荒酒的故事"征文，主编的《荒原深处美酒飘香》优秀作品集，由北方文艺出版社正式出版。

每每发现朋友圈有关酒的好文章，我就收藏在手机里，有机会就转发给酒友，目前已收藏了《为什么喝酒的男人值得尊敬》《男人为什么离不开酒》等多篇。

喝酒的男人为什么值得尊敬？因为喝酒的男人重情，大度豁达，更重视对方的感受，对待问题更主动，更真实、简单。有人留言说，喝酒的女人也值得尊敬，其实就是喝酒的人值得尊敬。

和父母喝酒，喝的是温情暖暖，诉说一些平时不好说出口的感激之情；和恋人喝酒，喝的是情投意合、心心相印；和兄弟喝酒，喝的是情真意切、酣畅淋漓，以及推心置腹的信任和托付。

男人与酒有着不解之缘，男人的情怀，全装在酒里。每次喝酒都不醉的男人，最能高瞻远瞩，凡事运筹帷幄；微醺薄醉、醉眼蒙眬的男人，冷眼旁观，世界看得清清楚楚；不醉不休、开怀畅饮的男人，有着难得的糊涂和洒脱与超然。

我们争取做酒的"主人"，不当酒的"奴隶"。掌控好酒量，把酒当成增进友谊的"润滑剂"，不能把酒喝成使人昏昏的"迷魂汤"。

有种说法认为，适度饮酒好处还是很多的：适度饮酒可以缓解人的紧张情绪，有镇静作用；适度饮酒能促进睡眠，有减轻疼痛的作用；适度饮酒可以降低缺血性心脏病的死亡率，有促进血液循环的作用；适度饮酒可抑制血小板的凝聚，有活血化瘀的作用。

最近两年，国际权威医学杂志《柳叶刀》上发表过一篇文章，和上面的观点相反，大意是喝含酒精的饮料越少越好，并没有"适量"这一说法。

我们该相信谁？主动权在喝酒人手里。喜欢喝就喝点，不喜欢喝就不喝，顺其自然最好。只要远离酗酒，别嗜酒成性，我都赞成。我身边喜欢喝酒的人不少，有因为常年酗酒英年早逝的，也有因为科学饮酒长命百岁的。我不赞成因为身体出现一点小毛病就把酒戒掉，把酒当成"罪魁祸首""万恶之源"。那样对待为人类做出贡献的美酒，显然是有失公平的。

小米趣事儿

在陪伴孙女小米长大的过程中，有许多让人难忘的花絮，今天我选择3个有点意思的，与大家分享。

梦中的笑容

我的孙女小米还不到两个月大的时候，因为我们不在一起住，我一有时间就去看她，如果几天不见心里确实就有点想她。虽然每次见面她还不会说什么，可是看着她那粉红的小脸，摸着她那胖乎乎的小手，我的心里总是甜滋滋的。

人们都说，这么大的小孩一天一个样，变化大着呢。我今天和她姥爷喝完酒，又去看她，真的感到她在一天天长大。以前我和她说话，她没有反应，这次我和她说话，她会笑了，有时还是开口大笑。她的笑是那么的迷人，简直让我有些醉意。

其实，我心里也很清楚，这么大的孩子的笑，不一定是发自内心的，可能是条件反射，也可能是下意识的，可我还是相信，我孙女冲着我笑，是发自内心的。她很可能是看到了这个老顽童一样的爷爷酒后可爱的样子，也可能是在笑话我这个当爷爷的酒后现出的原形。

我也借着几分醉意，说了几句心里话。我明知道她听不懂，可还是要跟她说，或者是让周围的人们听："星期天到爷爷家去串门，爷爷开车来接你。""我孙女长大了一定是个大美女，大眼睛，双眼皮，四方大脸，像老赵家的人。"

有时候我来看她，她还在香甜地睡着。我就在一旁看着她那幸福的样子，有时还能看到她在睡梦中露出微笑，看到这些，我的一切烦恼，都抛到了九霄云外。

她姥姥和妈妈，总是想把她唤醒，怕我几天来一趟，没见着她醒来的样子。

我真的不忍心把她叫醒，宁可有时间再来看她。我真的开始喜欢她了，她那可爱的小样子，真像她爸爸小时候的模样。

她姥爷看着我有些醉醺醺的样子，说："等孙女长大了，可能就得管着你，不让你喝酒了，你别人的话可以不听，她的话你可不能不听。""我是得听，可也不一定她就不让我喝，很可能孙女懂事了，每天吃饭时，给我倒上一杯酒呢。"

对于一个喜欢喝酒的人来说，有人看着不让喝酒，是件巴不得的好事。可我作为一个自觉的人，对酒也没有什么依赖性，每天吃饭时少量喝点酒，不一定是坏事。在家里都当上老爷子了，有一点小爱好，不应该算什么事。

孙女露出的灿烂笑容，缘自我和她说话。她不可能听懂我话的意思，但她能看懂我是她的亲人，她也一定看懂了我对她露出的笑容。

能有这种感觉，一定是在隔辈人还未百天的时候。等她长到几岁后，我们也就不会有这种感觉了。可能到那时候，我们对孩子的期望，也会更高了。

有时候我也在想象着未来，她陪着她的爸爸妈妈逛街的样子，她是那么的爱她的父母。我的儿子、儿媳多了一个疼爱的人，也为我们承担着一种亲情。

我也在规划着自己的未来。过几年退休了，每天的时间我就有权支配了，我好领着孙女玩。等我的年龄再大些了，孙女也可以领着我出去玩了。"隔辈亲"的感觉，我是逐渐体会到的。这种感觉，是其他年龄段的人无法感受到的。

时间对于我们这个年龄的人来说，过得真是太快了。可看着我孙女的样子，我还是嫌她长得有点慢。我心里也很清楚，等我孙女长成了大人，我确实就成了名副其实的老人了。我们还是都慢点长吧，把人生的美好景色看个够。

"抓周"仪式

几天前，我就接到儿子的电话，说让我去他家时带本字典。我还真的以为是他突然心血来潮，要学习用呢。后来我听明白了，是他的女儿"抓周"要用。

我早就听说过"抓周"这个民俗，可还真没经历过。我们小时候也没抓过，儿子小的时候，整天忙活过日子，也顾不上这些。这种习俗，在民间流传已久，它是在小孩儿周岁时举行的一种预测前途和性情的仪式，是第一个生日的庆祝方式。

据说"抓周"在南朝时已普遍流行于江南，有人根据民间流传的《三国外传》，将"抓周"的起源时间上推至三国时代。

相传，三国时吴主孙权称帝不久，太子孙登得病而亡，孙权只能在其他儿子中选太子。有个叫景养的西湖布衣求见孙权，进言立嗣传位乃事关千秋万代的大业，不仅要看皇子是否贤德，而且要看皇孙的天赋，并称他有测试皇孙贤愚的办法，孙权遂命景养择一吉日测试。是日，诸皇子各自将儿子抱进宫来，只见景养端出一个满置珠贝、象牙、犀角等物的盘子，让小皇孙们任意抓取。众小儿或抓翡翠，或取犀角，唯有孙和之子孙皓，一手抓过简册，一手抓过绶带。孙权大喜，遂册立孙和为太子。然而，其他皇子不服，各自结交大臣，明争暗斗，迫使孙权废黜孙和，另立孙亮为嗣。孙权死后，孙亮仅在位七年，便被政变推翻，改由孙休为帝。孙休死后，大臣们均希望推选一位年纪稍长的皇子为帝，恰好选中年过二十的孙皓，这时一些老臣回想起先前景养采用的选嗣方式，不由啧啧称奇。其后，许多人也用类似的方法来预测儿孙的未来，由此形成了风行江南的"试儿"习俗。

好像扯远了，还得说说我家的"抓周"。

2012 年 6 月 16 日，在儿子家举行了盛大的"抓周"仪式。我的孙女小米，已经一周岁了，按照民间的习俗，这天要正式抓周，来预示她未来的事业。

中午时分，儿子在家里地板上铺上了孩子用的爬爬垫，四周摆好了"抓周"用的东西。她的爸爸妈妈早就准备好了全套的用具。毛笔、乒乓球、字典、计算器、皮尺、旧公章、鼠标、玩具，应有尽有，大概有十几种。孩子的眼神在摆满道具的垫子上扫描着，我们一个个都有些紧张了，似乎屏息静气地等待着伟大的时刻。她首先拿起了一支毛笔——一支用她的胎毛做的笔，在手里摆弄着。不一会儿，她又拿起了乒乓球，后来又拿起了计算器。她奶奶则在一边着急地喊着："快拿公章，拿那个红的公章！"最后她又拿起了那本字典。

我悬着的心终于落下了，按照传统加现代的解释：最先抓了文具，则谓长大以后好学，写得一手好文章，继承了爷爷的爱好，我收藏的几千册书，也能找到合适的归宿了；当然，拿乒乓球也好，不管是当专业运动员，还是业余喜欢乒乓球，都是我们求之不得的；如果前两项都不如意，拿计算器预示的 IT 业、高科技、通信业也好，根据目前的行情，这些行业的待遇，令许多公务员都羡慕。

她虽然没有抓印章（预示着长大后官运亨通），可也没有抓尺子和玩具。我为她表示祝福！"抓周"的核心是对生命延续、顺利和兴旺的祝愿，反映了父母对子女的舐犊情深，具有家庭游戏性质，是一种具有人伦味、以育儿为追求的信仰风俗。

作为卜戏类民俗，它以儿时的偶然接触来对未来做出必然的判断，自然是荒谬而非理性的，纯粹是一种逗趣的游戏，以助孩子周岁欢乐之兴，也属于一种古老的民俗文化。

其实，作为现代人的我们，不要对孩子"抓周"的结果过于认真，也别太当回事。孩子未来的命运和职业，取决于多种因素，既有社会大的背景制约，也有家长的教育引导，更离不开孩子自己的努力，并不是靠一次简单的"抓周"就能决定的。不管"抓周"对孩子未来的预示准不准，我们就只把它当作孩子成长过程中的一次有趣的经历吧。

能说会道

我的孙女小米，还是个不到三岁的孩子。在和她朝夕相处的接触中，我发现她的表达能力很强。说句公道话，不是我自夸，可以说在周围同龄的孩子中，她算是个能说会道的小孩儿。

在她还不到两岁的时候，有一天我给她读童话故事，忘记了是哪一篇了。其中有一句话我念到"小白兔在大树底下如何如何"，她马上给我纠正，不是"大树底下"，是"大树下"。我顿时汗颜了，一个从事文学创作和文字编辑几十年的人，一个整天帮助别人改作品、校对书稿的人，一个年过半百的人，让一个两岁的孩子纠正了语言上的错误。虽然觉得丢了面子，可我还是从心底里高兴，毕竟是自己的孙女在成长。

日常生活中，不光我有这种感觉，小米的奶奶也遇到过一件类似的事情。去年的冬天，有一天下起了大雪，我开车载着她奶奶和她往家走，她奶奶和她说："你看外面下大雪了吧？"她马上纠正说："不是，是飘雪花了。"奶奶哭笑不得，最后还是笑了。马上称赞她："小米说得对，是飘雪花了。"虽然表达的是一个意思，她可比奶奶说得更形象生动。

孩子眼里看到的，和我们大人眼里看到的，虽然是同一种事物，可她的话就是她的话，正体现出文学创作中的人物语言个性。有一天，我开车载着她和奶奶回到车库，她有点儿闹，我哄着她，和她说我们已经到车库了，马上就到爷爷家了。她马上说："车库是汽车睡觉的地方。"真形象，孩子的语言真鲜活。

自从她上了幼儿园，回来她就把好吃的零食分给我和她奶奶，一边分一边说："大家共分享，大家共分享。"

近些日子，她快三岁了，语言表达能力有了新的进步。看见我跷着二郎腿，她说："跷腿坐着不好看。"我马上就得改过来。看见她爸爸吸烟，她说："妈妈说了，吸烟不好。"她爸爸马上说过了年就不抽了。她爸爸不在家时，每当我们说到她爸爸，她就大声说："爸爸说过几天他就不吸烟了。"

我要和她说句话，有的她能记好几天。有一天，她奶奶刚把她从幼儿园接回来，一进屋她就急着和我说："爷爷，你昨天说了句废话！"我不解地问她："说了什么废话呀？""你说让我把小口袋里的彩虹豆，倒到盒子里再吃，那不是废话吗？"啊，我想起来了，当时她拿了满满一袋的彩虹糖，我怕她吃多了牙疼，就哄着她倒出一些来，少留一点再吃，她回到家里想明白了，第二天还找我算账呢。

小米的玩具很多。她最喜欢的是我的一个旧手机，每天去幼儿园时装在兜里，回到家里就拿在手上。想爸爸妈妈了，她就装模作样地打上一个电话，就像演小品一样，嘴里叨咕着："你是妈妈吗？早点回来啊，我在奶奶家呢，早点回来接我呀。"过了一会儿，看到我家养的小狗臭臭淘气了，她煞有其事地又给警察叔叔拨了电话："警察叔叔啊，快点来我家，把臭臭抓走啊，臭臭不听话。"她打电话时的表情是很真实的，就像真的拨通了一样。她每天都看到爸爸妈妈这样打电话，就把这些学了去。

年终岁尾，她的爸爸妈妈晚上经常加班，她只能在我家和我们一起玩。她喜欢看儿童动画片《喜羊羊和灰太狼》。有一天，她悄悄附到我耳朵边上说："爷爷，我告诉你个秘密，我不要我妈妈了，我想要红太狼。"我说："为什么呀？"她说："红太狼不加班。"

这么小就展示出了她的语言天赋，长大了能干什么和语言表达有关的工作呢？顺其自然吧。

鸡年说鸡缘

进入腊月，年味越来越浓了。买年货，蒸干粮，扫房子。我家今年又增加了一项，买本命年辟邪用的红色内衣。按照我国传统的生肖排序，2017年属于鸡年。这一年，不仅是我和夫人的本命年，也是儿子和儿媳的本命年。

在我国最早记录十二生肖的是东汉王充所著的《论衡》。"生"者，所生之年也；"肖"者，类似、相似也。后来人们认为，人出生在哪一年就属哪一年的动物。

我家和鸡的缘分还不浅呢。母亲是属鸡的，第二个本命年里生了我。我妻子也是属鸡的，在她的第二个本命年里，生了我们的儿子。后来，儿子娶个媳妇也属鸡。在我孙女出生前那几年里，我家百分之百地属鸡。听老人们讲，不管什么属相，一家人都是同一个属相很难找，也会带来好运。

有好运，也得好人为。记得我小的时候常听母亲讲：属鸡的好，属鸡的刨着吃，将来会过日子。从当时的社会经济状况和家庭的收入来看，人们如果不会过日子，又该怎么生活呢？我家七口人，全靠爸爸挣钱养活，日子过得紧紧巴巴。

说来也巧，那年《农垦工人》杂志在搞纪念创刊一周年活动时，我作为杂志的特约记者，得到了赠送给我的一枚金鸡纪念币。后来，妻子过生日时，我找出这枚金鸡纪念币，郑重地把它送给妻子。妻子接过纪念币说："等以后儿子过生日时，我再把这枚纪念币赠送给他，真不愧是属鸡的，现在还那么会过呀！"

按理说，眼下生活比以前富了，生活也不用像以前那样仔细了。可目前我国还有一些不发达地区的孩子们，因为交不起学费而失学。我们的小家庭也不具备高消费的条件，母亲说的那种鸡"刨着吃"的精神不能丢。

其实，属啥与人的品行无关，只是后来家庭的熏陶、社会的影响、本人修行的结果。

后来，年龄越来越大了，我对鸡的精神也有了更深刻的理解。1994年夏天，我陪同曾经在北大荒劳动过的文化名人吴祖光、丁聪到农场回访。一路上，吴祖光先生为大家题写最多的一句话就是"生正逢时"。等我请他给写字的时候，他让我自己出内容，我选择了"闻鸡起舞"，我当时对这个词还是有一定的理解。二十年后，我把这个珍贵的条幅印到了我的散文集上。

据记载，"闻鸡起舞"的故事源自《晋书·祖逖传》。祖逖和刘琨在年轻时都抱有远大的志向，发誓要驱逐入侵的外族，振兴晋朝。他俩常常同睡一床，互比谁起得早。闻鸡一叫，两人马上从热被窝儿里跳出来，跑到庭院去舞剑弄戟，刻苦练武，准备随时为国效力。后来，他俩都成了名人。

我有个南方的画家朋友，在我生日前夕，特意给我寄来了他的大作《富贵吉祥》，画的仍是一幅神采奕奕的大公鸡。

据说，太阳里有一只公鸡。公鸡以勇敢而且慈善受到赞美，它总是召唤母鸡来吃它所找到的食物。此外，公鸡还象征着值得信赖，因为它从不耽误报告时辰。它还象征男性的精力。

公鸡打鸣表示"功名"。由于鸡冠的"冠"与"官"同音，因此，在民间以一只有着漂亮鸡冠的公鸡作为赠礼，就表示希望对方能够获得官职；若一只公鸡与五只小鸡在一起，就暗示父亲的责任是教育他的五个孩子。

有一种和鸡有关的民俗，现在也不多见了。每年立春的那天，汉族人要在儿童的衣袖上缀一个红布做的鸡。鸡谐音"吉"，因立春日佩戴，故称"春鸡"。人们认为佩戴此物，可使儿童大吉大利。

我国云南的彝族妇女也有戴鸡冠帽的习俗。鸡冠帽形如雄鸡鸡冠，顶上高耸鸡冠形饰物，并饰有大小银泡，表示星星和月亮，象征光明永远伴随。

鸡在苗族有很高的地位，他们视鸡为灵禽，传说中把鸡看作太阳的舅舅，每天叫起太阳。

在仰韶文化时期的三门峡庙底沟遗址中，发掘出土了属于新石器时代的鸡腿骨和前翅骨；在湖北京山县屈家岭发现了艺术珍品陶鸡；在西安半坡仰韶文化遗址，也发现了鸡骨。这些发现说明，在原始氏族社会，我国已开始养鸡，距今已有五六千年了。

其实，有一件事我很不理解。鸡有这么多的优点，编成语的时候是谁给鸡编了那么多莫须有的罪名，褒义的词都给谁用？什么"小肚鸡肠""鸡鸣狗盗""鸡犬升天""鸡犬不宁""鸡飞蛋打""鸡零狗碎""杀鸡取卵""杀鸡焉用牛刀"。更可气的是，最后不管和鸡有没有关系，为了震慑猴子，还是把鸡杀了，"杀鸡儆猴"。

在十二属相里，没有一个像鸡这样受到不公的待遇了。可有一个特殊的待遇，是其他十一个属相都没有的，那就是我们祖国的版图，就是一只引吭高歌的雄鸡。毛泽东主席也曾在著名的词作里写道："一唱雄鸡天下白。"

不管属啥，我们都应当充分地相信自己，相信人的命运就掌握在自己的手中。只要我们努力工作，勤奋地学习，不断地创新，每个人都会拥有成功的人生和美好的未来。

我的姐姐

我家兄弟姊妹五个，弟弟妹妹之间年龄都相差三岁，只有我和姐姐差六岁。因为姐姐和我之间，还有一个哥哥，但没满周岁就夭折了。

1969年秋天，姐姐在兵团五师师直中学初中毕业后，被分配到五十三团（今天的红五月农场）一连，和她一起分配来的同学大概有五六个人。姐姐和同学们虽然都是农场长大的，对农场的农活并不陌生，可在当年农场艰苦的条件下，离开家住集体宿舍，过独立的单身生活，还是一件很困难的事。

尽管姐姐在家时对我们几个管得严苛些，有时候她把地拖完后，怕我和弟弟妹妹们把地踩脏了，把我们都撵到外面去，等地干了才让我们进屋。当时屋里的地还不是水泥抹的，基本都是红砖铺的。

可真让一起生活了十多年的我们突然分开，我还真的有点受不了，闲暇的时候有点想她了。当时，我好像正在读初一。有一天，下课后我突然接到姐姐的来信，课间我小心翼翼地拆开信，看到姐姐那歪歪扭扭的字体，我仿佛真的看到了姐姐。

姐姐来信的大意是：家里都好吗？父母身体都好吗？她来信的目的主要是告诉我，她被分配到连队食堂工作了，冬天要在菜窖里用刀削烂白菜，窖里阴冷潮湿，她的关节炎犯了。听人说用花椒碾碎了糊在膝盖上有用，结果膝盖处的皮肤被烧破了，疼痛难忍。看到这里，我的眼睛模糊了，泪水止不住往下流，我的心好像也在流泪，我当时觉得姐姐的命好苦啊！姐姐嘱咐我，不要把这些情况告诉父母，本来母亲就常年有病，怕二老为她担心。

姐姐最后嘱咐我，千万要好好学习，别像她一样，还要照顾好父母和弟弟妹妹。

那年我12岁，看了这封信后，我好像一夜之间长大了，比原来也懂事了，一下子成了家里的小大人了。我学习更用功了，家务活干得比以前更主动了。一连几天，我都忘不掉姐姐在信里说的话，更忘不掉她的嘱托。

我今天在文学创作上取得的成绩，不能说与当年的这封信无关，这就是感恩吧。

后来，父母为了把姐姐调回来工作，费尽了周折。那年代托人也不用送钱，多数人家都不富裕，基本属于"月光族"，买礼物我家又没有钱。爸爸利用业余时间，用人家洋铁铺干活剩的边角料，做了个装豆油用的椭圆形小桶，加上两小捆我家用土豆换的粉条，让我去爸爸单位一个管人事的刘叔叔家送礼。

开始，我真不愿意去，怕人家嫌东西少，也怕在去的路上遇见同学或者熟人，让人家见了笑话。在娘的劝说下，又想到在连队正在遭罪的姐姐，我还是硬着头皮送去了。

姐姐在连队工作的那几年，我父亲没少往别人家里跑，有时也得去师部军务科找。

后来，姐姐真的调回师部工作了。她刚回来时，在师部机关食堂当服务员，工作虽然很辛苦，可是每天都能回到家里。虽然也是住在集体宿舍，可条件比生产连队好多了，她的同事多数都是城市下乡的知青。她在这里工作的时候，认识了一个哈尔滨市下乡的知青——我的姐夫。

姐姐和姐夫结婚后不久，姐姐又调到了九三管理局机关幼儿园。当上了幼儿教师，又是事业单位，尽管看孩子责任也挺大，可每天工作还是很愉快。她又养育了一双儿女，让人家很是羡慕，小日子过得也很滋润。

姐夫当时是黑龙江垦区仅有的几个二级厨师之一，后来被农垦总局商业局调到了位于佳木斯市的农垦商业招待所，姐姐也调到了农垦商场。一时间好多知青都很羡慕姐姐姐夫，好多知青返城都是没有了工龄，他们却是调转回城的。虽然没有直接回到哈尔滨，也算是"曲线返城"，在我们兄弟姊妹眼里，姐姐命好。

20世纪90年代初，我也因为工作需要，被上级从九三管理局调到农垦总局党委宣传部工作，来到了佳木斯市。单位离姐姐家很近，后来我们租的房子离她家也很近，有时间我们两家还可以聚一聚。姐姐每月除了有奖金，单位还经常分一些本单位卖的副食品。有时候我看到姐姐下班后自行车上载着副食品就羡慕不已。

就在农垦总局从佳木斯搬往哈尔滨的那一年，元旦假期我们一家三口到宝泉岭管理局走亲戚。那天在亲戚家，我突然接到姐姐打来的电话，听姐姐说她们要搬家了，当时他们的单位也破产了，房子也卖了。回来后，我到她家去才知道她的心思，是怕总局大批人员搬离佳木斯后，房子不好卖。结果40多平方米的房子，才卖了3万元。当时，我真的有些不理解，为啥不和我商量一下。外甥的户口已经在哈尔滨了，他爷爷家也把动迁房落到他的名下了。

　　姐姐命运的转折好像就是从那时候开始的，不顺利的事一件接着一件。先是因为搬家时把煤气炉具颠漏气了，到了哈尔滨她和姐夫就煤气中毒了。出院后不久，又花几万块钱兑了一个小饭店，开始蒸包子，后来也有炒菜。饭店位置不太好，加上也不会经营，最后实在开不下去了，又赔钱兑给了别人。据说，把佳木斯卖房子的钱基本都赔上了。

　　我们兄妹几个光替她着急，也还是帮不上忙。饭店兑出去后，姐夫又找到了一份工作，给农垦总局的一个单位小区当保安。小区不大，很多住户都认识姐夫，家里有个通下水道、安灯泡的活儿，都愿意找"曲师傅"。

　　好景不长，有一年冬天早上姐夫扫雪，突然感觉手脚不好使，邻居们赶紧把他送到医院，一检查是脑梗死，住进了医院。事情过后，我们猜测，姐夫的病可能和喝酒有关系。往外兑饭店的时候，店里有一瓶人家店里泡的酒。能装20斤酒的大瓶子里，有半瓶子酒，里面泡的人参、鹿茸等乱七八糟的东西。据中医大夫讲，泡酒的说道很多，不能啥都往一起泡，有些东西是相克的。姐夫怕这些酒糟蹋了，就每天喝点，后来这些酒基本都被他喝完了。

　　那次出院后，姐夫的身体恢复得还算可以，但多少也留下点后遗症。家里的日子都安稳了，又该操心儿子的终身大事。我的外甥从30到40多岁那十多年里，家里人几乎都给他找过朋友，阴差阳错就是没有合适的。我们也替他着急，最着急的还是姐姐姐夫，看到同学的孙子都上小学又上大学，自己的孙子还没有影呢。外甥过了40岁以后，找到了自己当年的女同学，结婚生子了。

　　我想这回姐姐姐夫该称心如意了吧，可孙子周岁的时候他们也年届70了。儿媳妇又在外地打工，带孩子的任务只能落在他们老两口身上了。

　　虽然说累并快乐着，可毕竟是一把年纪了。我有时候替他们高兴，晚年终于看到自己的大孙子了，有时也同情、可怜他们。

　　农垦体制改革后，外甥又面临着下岗的危险。如果想要继续上岗，就得参加竞岗考试。人的一生说不上要遇到多少坎，哪个坎都是对人们的考验。及格不及格，都得积极面对，因为"考"你没商量。

　　有人说，人无论如何也挣不过命。一切顺其自然吧。

小爱同学

来儿子家一个多月了，天津虽然也属于北方，可冬天比哈尔滨还是暖和一些，我和老伴儿生活起居都习惯了。新结识的"小爱同学"，却给我留下了深刻印象，我们也正在逐渐熟悉和掌握它。这个"小爱同学"，就是小米旗下的人工智能语音交互引擎，智联万物的 AI 虚拟助理。

多年来，在老年朋友中一直流传着这样一句话："父母的家永远是孩子的家，孩子的家却不是我们的家。"那天，儿子打开他家的房门，一声"欢迎回家"的问候，让我真的找到了家的感觉。

接着，儿子指令小爱同学完成家里的许多家务，让小爱同学打开了电视，又打开了客厅的灯。

我们看电视的工夫，电视机右上角出现一行字幕："房门几点几分没关好。"当我去把房门关上后，电视机右上角又出现一行字："几点几分房门已经关好。"有一天，儿子的手机找不到了，他说了一句："小爱同学，帮我找一下手机。"几秒钟后，手机铃声响了。

开始，我们每次洗完衣服后，就指令小爱同学："放下晾衣架。"悬挂在客厅窗前的自动晾衣架就缓缓降落下来。我们把洗完的衣服挂好，再指令它升起。后来，儿子把洗衣机和晾衣架连上了，滚筒式自动洗衣机洗完衣服后，洗衣机的门一开，自动晾衣架就降落了。它还说了一声："衣服已经洗好，请晾晒。"小爱同学的脾气非常好，从来不知疲倦，也不发火。我让它打开客厅灯，它说："没有问题。"有的时候小爱同学也可以说两句话，我每次说："小爱同学，打开电视机。"它就答应一声说："指令已发出，看看设备情况吧。"有时候我和它简单地对话，它很讨人喜欢。我说："小爱同学你真棒。"它说："我最喜欢你这种瞎说大实话的人。"我说："小爱同学，你也不谦虚呀。"它回答说："那当然了。"

小爱同学不懂地方话，更听不懂东北土话。那天，老伴儿洗完衣服后就发了指令："小爱同学，把晾衣架撂下。"小爱同学没听懂，看来要想灵活指挥小爱同学，还得把普通话练好。

和小爱同学沟通，得先把动词放前面，句子形式是动宾结构，比如"打开客厅灯""放下晾衣架"。语言也得简练，和它说废话、套话、大话，都是徒劳的。

小爱同学虽然是个没有生命的设备，但有它的陪伴，家里如同有个朋友。有一次，我和老伴儿说话声大了点，小爱同学也不知道把我们的哪句话当成指令，突然就把音乐打开了，播放了一首我们不熟悉的歌，还挺好听。本来要叽叽歪歪的我们，都被小爱的幽默举动逗乐了。

我在网络上看到，这位小爱同学的能量很大，我们才开发利用了很小一部分。目前内置设备已覆盖了200余款，可控制设备支持70个品类，如智能插座、空气净化器、电饭煲、智能开关、扫地机器人、灯、温湿度传感器等。

不知道是谁给它起的名字，好听、形象。从哪里论我们是"同学"呢？原来，在飞速发展的科学技术面前，世界万事万物都可以互联。我们要学的东西很多很多，我们就成了这个世界上的"同学"了。

成富大叔

每个人走过一生，都会遇到贵人，只有当你感觉到有点出息的时候，你才能去感恩，或者想回报。可是，有些时候贵人还没有给你回报的机会，就已离开了我们。

看来，我是幸运的。因为在我刚刚从写作之路上起步的时候，我遇到的曾经给我无私帮助的成富大叔，至今仍和我保持着密切的联系，他还在默默写作。

我说的成富大叔，叫张成富，今年87岁了。1956年从讷河团市委调到九三。他曾经在《解放军画报》《文艺报》《嫩江日报》《北大荒文学》等报刊发表作品。1976年我在九三修造厂当木型工时，他是我们厂的党委书记，当时沿袭兵团的叫法，大家习惯称他"教导员"。1979年8月，我调到工交党委办当宣传干事时，他又到九三管理局宣传处当副处长。

张叔是个爱才的人。1978年3月23日，我在总局《屯垦戍边报》（今天的《北大荒日报》）副刊上发表诗歌《粮山要比群山多》。时任九三农场管理局修造厂党委书记的张成富找到我说："祝贺你在《屯垦戍边报》上发表处女作，希望你继续努力写下去，以后投稿有什么困难找我。"我想了想，就毫不掩饰地说："我就需要点稿纸、信封、墨水和胶水。"他爽快地答应了。他和厂办打过招呼后，我月月去厂办领办公用品，我是全厂当时五百多名工人中唯一领办公用品的。

从此，我真的坚持了下来，默默无闻地写下去。后来，我写的一些豆腐块、火柴盒似的小文章屡见于《农垦报》《黑河日报》，偶尔也在《黑龙江日报》上露露名，在九三管理局局直初露头角、小有名气。

1978年秋，张成富被调往管理局宣传处任副处长，主持工作，当时大批知青返城，各农场和局直各处级单位新闻报道队伍几乎走光了，局党委决定在山河农场举办九三农管局新闻报道员培训班。我被工交党委推荐参加了培

训班。当时请来讲课的有新华社驻黑龙江省分社记者景博，《农垦报》的编辑张宝贤、李春发，《黑河日报》的编辑李广厚、韩志君，管理局宣传部新闻科长张福宽主持办班。

后来，我听说张叔外出看病去了，好像病得挺重。我在为他担心的同时，也为他默默祈祷。当听说他看病回来的时候，我第一时间带了点水果罐头和奶粉去看望他，他也很感动，他可能也看出我的一片真诚。

成富大叔不光在物质上给我支持帮助，还在创作上非常关注我，发现我有新作品，就跟踪写评论。他是目前在省内外为我写评论最多的一位。

1984 年春天，我送给他散文集处女作《霜花赋》（打印的），他读完后很快就给我写了一篇评论《春花初绽泥土香》。他评论说："作者在开掘新意方面做了很大努力，多数文章的主题思想都揭示出生活真理，可以说立意高远，思想深刻，文笔新颖，所以能够吸引人、感染人。读后让人耳目一新，精神为之一振。作品所以能够这样，在于作者在选取典型材料方面别具匠心。散文取材十分广泛，并非散文创作对材料无须选择，相反应选择生活中突出的、有较大社会意义的事物，才能开拓出新意。"这篇评论当时刊登在《九三报》副刊上，后来被收入《赵国春文集》。

张叔也是个重情重义的人。我还记得 30 多年前，我和已经调到总局佳木斯市工作的王英志、刘道民回九三探亲，张叔专门安排午宴招待我们。

2007 年夏天，我又把《永远的记忆——北大荒博物馆馆藏文物背后的故事》一书寄给他，很快就收到了成富大叔撰写的评论《一部讴歌北大荒精神的好书》，后来发表在 2008 年 5 月 8 日的《文艺报》上。他在评论中写道："文物是静止的，但通过文物背后的故事，以物睹人，活灵活现，立体感之强、感染力之大、震撼力之浓烈，令人称道。首先，展现了垦区开发的历史画卷。作者从历史真实的视角出发，通过对文物背后的人物细腻刻画，准确地表达出垦区开发建设这一恢弘的历史主题。其次，作家讴歌了北大荒人的精神。讲述了文物背后的人物故事，烘托出了北大荒人自强不息的精神。该书还反映了文化建设的丰硕成果。垦区的文艺工作者们经历了垦区深刻的历史变革，他们用真情实感来把握时代脉搏，体验垦荒者的情感，不断推出体现时代精神、民族风格、垦区特色的精神产品，努力满足职工家庭的多层次、多方面、多样化的精神文化需求。"

这篇文章给了我很高的评价,对我后来的创作也有一定的指导性。2011年12月,我将其收入了北方文艺出版社出版的散文集《荒原上的冷暖情怀》,2017年9月,又选入了黑龙江人民出版社出版的《赵国春文集》。

2016年张叔又写了一篇5000多字的《梦想催春花绽放》,对我几十年来的自学之路和创作之路进行评价,写得全面、拿捏到位。有些细节我都是第一次听说,比如:他找车间主任杨铁民,让他给我点写作上的支持;在山河农场办班的时候,他还给我颁过奖,有照片为证。由此,不难看出张叔每天工作那么忙,心还那么细,尤其是多年来一直关注我,今天说起来我也还是很感动。

张叔常教导周边的年轻人,让他们向我学习,我觉得都应该向张叔学习,他80岁以后还在写东西。

近几年,我们九三局的老新闻工作者几次聚会,都能见到精神焕发的成富大叔。我在朋友圈发的文章,很快就能收到他的点赞。

多谢张叔几十年来对我们的扶持和帮助,祝他健康长寿、永远不老!

我的三个叔伯哥哥

我的老家在山东省邹平市西董乡樊家庄。1952年，毛泽东同志命令中国人民解放军步兵九十七师番号改为农业建设第二师，移师山东生产待命，从事农业生产建设。1954年党中央、国务院指令，农建二师的8300多名官兵集体移垦北大荒。我父亲赵庆新就是这个师的一个普通战士，他们来到北大荒，创办了二九一农场。

从部队开进北大荒，一直到去世，父亲在北大荒生活了35年，我们与远在山东老家的亲人们也是几十年才见一面。浓浓的乡情、乡愁，使我的三个叔伯哥哥一直刻在我的记忆里。

大哥赵国福

大哥给我的第一印象，来自他的一张彩色照片。那年，我和母亲回山东老家，在家里第一次看到了大哥当兵的照片。精神、威武，四方大脸，有一股男子汉的阳刚之气。

后来和大哥开始联系，是在20世纪80年代中期。改革开放以后，北大荒许多新闻同行们陆续"南飞"，我当时心也活了。我也想回到山东老家，把在北大荒奋斗一辈子的父母带回去，我能在事业上得到发展的同时，父母也可以享受晚年的幸福。为此，父母曾经专门回了一趟老家，和大哥说了这件事。

后来，我又带着夫人和孩子专门去了一趟东营，准备往正在创办的《东营日报》办调转。那两年，大哥没少费心，托人办理一段时间，就给我写一封信，大概接连写了四五封信吧，至今我都保存着呢。后来，因为我爱人工作的问题，最终也没能成行。

2014年10月，我们姊妹五个一同来到东营，专程看望哥哥嫂子。到了大哥家，吃完了晚饭，大哥拿出了一张我姐姐小时候和我已经故去的哥哥的照片。姐姐也惊讶了，早就知道有这么个早早就走了的小弟弟，见到照片还是第一次。

看来大哥是个有心人，是个重亲情的人。这张保存了半个世纪的照片，一定是我家的珍贵文物。

丰盛的家庭宴会上，大哥拿出了珍藏了近三十年的老酒，这两瓶既普通又难得的老酒，是哈尔滨几十年前生产的五加白酒。大哥说："这两瓶酒是那年你父亲从东北带来的。"

我记得当时改革开放以后，山东等内地省份大量引进人才，农场一些有技术职称的人，特别是我身边的新闻界同行们，陆续把工作办回山东老家。调回山东的人中，有的根本就不是山东籍的。每次我和父母说起这件事时，他们都说他们也会想办法，一定要回到阔别多年的家乡。

20 世纪 80 年代末，我父母回到了山东老家，住在东营的大哥家，就想让大哥帮助我往回办工作。父亲平时那么喜欢喝酒，却千里迢迢把这两瓶酒带到了山东。父亲生前没能回到山东老家，了却落叶归根的心愿，可在 2017 年八一建军节前夕，父亲的名字和他的战友们一起，刻在了山东省老战士纪念碑上。山东省老干部局的领导来黑龙江走访的时候，我已经答应了他们的邀请。让我感到遗憾的是，本来我应山东省老干部局邀请出席山东老战士纪念广场三期工程落成仪式，并代表农建二师的后代发言，可因为身体的原因与之失之交臂。后来，为了弥补遗憾，我让弟弟在父母的墓地前取了一包土，寄给了山东省老战士纪念广场管委会，撒入故土坛，父母亲真的魂归故里了。

在大哥家那天晚上，我们看到天色已晚，不忍心影响大哥大嫂的休息，提出让孩子们马上送我们回宾馆。可等我们上了车后，他们还是不放心地跟着上了车，一直把我们送到宾馆，迟迟也不愿意离去。我们简单地聊了一会儿，不敢把深聊的话题引出来，把好多想说的话留着明天说，再次催他们回家休息。走进电梯的时候，大哥和小妹说起从我的散文中看到的一幕，是小妹小时候在哈尔滨医院看病，我把她送到医院就往外走，一回头，看到小妹倚着门框在抹眼泪时，大哥眼里的泪终于忍不住落了下来，小妹马上过去和他拥抱，帮他擦了擦眼泪。此时，我的眼泪也要掉下来了。

我们第一次去大哥家的时候，他还在油田汽修厂工作，住在油田的基地，离厂子很远。他的家里是一团传统文化的氛围。中堂，悬挂着大哥用小楷誊写的《朱子治家格言》："黎明即起，洒扫庭除……"在自己家搭建的餐厅里，墙上挂着饭桌上的规矩，几种筷子不能用之类的。每天晚饭后，大哥大嫂和我们夫妇聊天，他都让几个孩子在一边静静地听着，家教很是严格。第二次去大哥家时，孩子们也都长大了，从他们身上我看到了当年大哥传统教育的成效。孩子们都很懂规矩，我真的理解了当年大哥在家的一些做法。

后来，大哥又调到了油田医院工会工作。在大哥家看到他在书法方面取得的成绩，也让我感到惊讶。他多次参加全国书法比赛并获奖，曾先后参加文化部组织的去法国和日本的活动，进行书法展览及文化交流。

大哥还打开电脑，让我们看了他的抖空竹表演。一招一式，很是那个样，学啥像啥，我很佩服一个快80岁的人的精气神。

二哥赵国禄

对二哥赵国禄的印象，最早也是那年回山东老家时留下的，没有多深，可回忆的东西少得很。

真正和国禄哥开始联系，就是他在北京当兵的那些年。当时正好是我高中毕业前后，开始为杂志社写稿的时候，我想让他在北京给我买几本书。

国禄哥在给我的回信中写道："关于你的问题你自己一定尽早考虑，能学技术还是尽力去学，能参军的话就出去锻炼几年。当然，没有机会也不要去勉强。"

在国禄哥给我的第二封信里，他还对我给人民文学出版社投稿的事发了一番议论，对我进行了辅导："你来信中说到向人民文学出版社投稿的事，因我对这方面是外行，也没法对你进行帮助，不过在校的时候也听别人说过，向人民文学出版社投稿不是一下就能投上的，它是由各个小的出版社选去的。所以刚开始不要急于向那样大的地方投稿，要先向你们本单位和省的报刊上投稿，得到他们的帮助以后，再逐级上报，我认为只有这样，你才能提高得快。"

国禄哥除了为我投稿出主意，还帮助我买了诗集和《汉语成语小词典》。他给我的信中有句关键的话："文学这东西确实不容易学好的，愿你一定要有持久的信心和敢于吃苦的精神，去搞好诗词创作。"这些话对我后来的坚持多年的创作，都起了一定的作用。

还有几封信我没有找到，大体意思是他调到了总后勤部，在帮助邱会作整理材料。所以国禄哥的字，和大哥赵国福的字，写得都是挺好的，都值得我认真学习。

国禄哥从周村蓝雁集团退休后，跑到北京专门学习画画。刚开始听说后，我以为他就是闲着没事，学着玩一玩。他在北京学习几年后了不得了，他的画让许多内行人都刮目相看，他专攻的花鸟画已经独树一帜。

2009 年国禄哥就读于清华大学中国画高研班，受教于王玉良、刘怀勇、李燕等教授。2012 年进修于中央美术学院高研班，受教于张立辰、李铁生、陈平等教授，并且得到了李可染先生之子李小可老师多年的指教。

如今，国禄哥为清华大学职业画家。他不仅被晋升为国家一级美术师、中国美术家画院院士，还担任中国国家画院副院长、北京麦圣石书画研究院副院长。2011 年他在清华大学百年校庆期间举办中国画展，得到了校友及社会各界的好评。同年他被清华大学评为《清华百年树人》优秀画家。他还多次参加山东省及中国美术家协会的展览，多幅作品荣获各种奖项。

小哥赵国东

小哥赵国东是我大爷家的，长我一岁。和他见到的第一面，在我的记忆里，应该是在四五岁的时候，娘领我们回到山东老家，在一起玩了几天。我对他的印象也不深了，只记得他说一口山东老家的土话。

和小哥亲密的接触，是在我 20 多岁的时候。有一天他突然从山东来到了黑龙江的我家，我们家当时还在九三管理局，住的条件不好，他当时就在我家偏厦里住，夏天也不热。小哥来了，是要在农场找活干，他在家里跟我大爷学的木匠，可以给人家打家具。小哥的手艺好，找他做家具的人就多，常常是这家没等做完，下一家就又找了上来。天冷的时候，小哥回山东家过年去了。

第二年小哥回来，就张罗着收拾我家的偏厦，后来才知道，是他的女朋友要来了。没几天，我的嫂子赵玉芳就从山东来了。

我还记得，我夫人的姐姐家也找他去，帮忙打了几件家具。就连我结婚时用的大衣柜，也是小哥亲手做的。

到了秋天，小嫂子怀孕了，小哥和她都回了山东。再后来，听说小哥在山东老家开了个家具厂，他的家具做得很有名气了，他厂里生产的家具都销到了淄博市人民商场了。家里的大娘们也帮他缝沙发，家里买卖很红火，让我们弟兄几个都羡慕。

又过了若干年，听二哥说小哥家又开了个乳胶厂，买卖还是挺火。再后来，听说小哥得了肝病，还病得不轻，一直在家乡医院治疗。后来，医生让他到济南大医院去看，恐怕好不了了。再后来，我听说小哥走了，那年他好像40多岁。

翻开我多年的来信，几百封信中竟没有找到一封国东哥的来信。

对于小哥的走，我是很难过的。也不知他是原来就有肝病，还是在后来的创业中，身体受到了严重的伤害，英年早逝，是让人痛心的。

可惜小哥给我们做的那个大衣柜，跟了我们十几年后，也就是在我们从九三搬到佳木斯的时候，被我们放在总局宣传部的库房里，后来小偷把库房门撬开，把衣柜也弄零散了。唯一一个留作念想的物件也不在了。

2014年回山东探家，见到了小嫂子和他的儿子，孩子挺懂事的。后来，小哥的孙子也出生了，小嫂子也当上了奶奶。

第二辑
荒原佳话

童年的电影

　　我的童年，是在十年浩劫中度过的。当时，北大荒农场的文化生活很枯燥，我们这群孩子就像一群嗷嗷待哺的小燕子，对文化生活非常渴望。那时，我非常喜欢看电影，尤其像《地道战》《地雷战》《南征北战》这些战斗故事片，有的我看了五六遍，有些人物的对话都背得滚瓜烂熟，却还是想再看一遍。

　　那时的电影票虽然很便宜，大人1角钱，儿童5分钱一张，可我连这5分钱也拿不起，又非常想看。无奈，傍晚不等家里吃饭就拿个凉馒头，夹一块咸菜或蘸点大酱，我随着小伙伴们往电影院跑，早早地站在电影院入口处，期待着能见到一位熟人。那时一个大人可以带一个小孩儿，不对号入座。要是见到熟人，喊一声叔叔或阿姨，人家高兴了就一招手，我就可以看到一部完整的电影。

　　遇上运气不好的时候，你喊他他就像没听见一样，气得我们直在心里埋怨！到了电影开演时也没熟人带我们，我们也不甘心回家，看到看门的人把门一锁，我们只好扫兴地从窗户那往里望。有时窗帘挡得很严，什么也看不到，有时从没挡严的窗帘空隙中看到那窄窄的一条银幕，常常是人家看宽银幕，我们看"窄银幕"，那也感到很幸运了。

　　如果看门的人高兴了，电影开演不一会儿就能往里放人，我们就可以跑进去一饱眼福。不然，我们就得在外边耐心等待。寒冬腊月，冻得我们直跺脚，有时，等让我们随便进时，兴冲冲跑进去，却只见大大的"再见"二字出现在银幕上。

　　回到家里不敢跟父母说实话，怕明天不让再去，只好把从窗户看到的一点镜头，和回家路上听人议论的一些情节，加上自己的想象和联想，编起来哄骗家人。

　　那些比我们大的淘小子们，往往经不住喇叭里传出的战斗枪声的诱惑，耐不住门外的寂寞，干脆跳围墙进去看。两米多高的围墙上插满了碎玻璃，布满了铁丝网，就这样"戒备森严"的电影院，他们也能跳进去。我们这帮"小不点"就只好伸长脖子羡慕了。

为了能看到一部完整的电影，我们平时想尽办法攒钱。有一次，我从电影海报上看到，要上映朝鲜彩色电影《卖花姑娘》，每张票两毛钱。为了攒够这两毛钱，我和另一个同学星期天出去捡废牙膏皮，把牙膏皮和废铁送到废品收购部，卖了5毛多钱。我俩攥着钱跑到电影院，在卖票口挤了半天，也没买到一张票。我俩跑到门口，找看门的老师傅说好话，然而看到门外有不少人都没买上票，候在门口不动，他装作听不见。那天，我到底没看成那部电影。当时，我心想，长大后一定要到电影院来上班。

今天，每当我从电视上看到那些当年看过的老电影时，一种无法形容的感觉油然而生。

难忘土豆梨儿

说起土豆梨儿，在北大荒长大的我们都不陌生，它是马铃薯开花后长的果实。每年秋天，我们早早就盼着收土豆这一天。

土豆，又叫地豆、地蛋、洋山芋、山药蛋、土苹果，学名马铃薯，因其地下块茎形似马铃而得名。茄科多年生草本植物，其老家在南美的安第斯山区。

每年收土豆的时候，在北大荒就像过年一样，真有点轰轰烈烈的感觉。提前好几天，大人们就开始张罗着，借麻袋、安三齿钩子、买土篮子、准备缝麻袋的针和麻线、清理装土豆的窖，还得准备一天的人吃马喂的，基本上家家都得忙到深夜。

这一天早晨，大约才四五点钟，天刚放亮，大人们就把全家都喊了起来。我在家里姊妹几个中是兄长，虽然还没睡醒，可也不敢说什么。草草地吃上点东西，就迷迷糊糊地跟着大人往地里走，心里也惦记着地里成熟了的土豆梨儿。

我们一帮孩子刚走到地头，两眼就直盯着快要枯萎的土豆秧。在土豆秧的顶部，长着灯笼果那样大的三五个果实。你摘下来时，用手轻轻地一摸，如果有点硬，颜色还很绿，绝不能马上吃，得拿回家里，捂一捂再吃。有时实在找不到熟的，我们馋得等不及了，就忍着吃上一两个，过过瘾。嘴里当时那个涩呀，能让你好几年不再想它了。

当然，也有幸运的时候，我们摘到快要熟透的、发黄的土豆梨儿时，一碰就得往垄沟里掉，那可就一饱口福了。那甜劲儿，那股清香味，不好用像什么来形容，既有股葡萄味，也有股都柿味。

有时候自己家地里找完了，就顺着垄沟挨家找。有些人家来得晚，地里的土豆梨儿早让我们给扫荡过了。我们的眼睛光盯着土豆梨儿了，不知不觉就走出了很远，大人们还得不停地吆喝我们。

起土豆时最热闹的，要数抢犁杖和装车。当时耥土豆垄用的都是牛或马拉的犁杖，一个单位总共也没有几副，都是提前到别的单位去串换着用。开始时，安排得井井有条，后来，有人一看天要黑了，就忘了什么"风格"了。每副犁杖后面，都跟着好几个人，见了机会就抢。家父长了一脸抹不开的肉，不好意思张口求人，干脆等着。有时地里都没有几户了，才能轮到我们家。等我们家开始捡土豆时，人家都开始装车了。

如果遇上丰收年，在犁杖稍开垄的一瞬间，满地白花花的，真是让人欢喜。看着父母脸上挂着的喜悦的笑容，我们这帮孩子们累也高兴啊。开始去打听别人家收了多少麻袋，如果比我们家多，我们就不吱声了，或者挑人家的毛病，什么麻袋是扎口的，或者没装满了，土又多了；如果没有我们家收得多，我们就该有资本吹了，说我们家收得晚，地还没来得及遛（彻底用工具再收一遍）呢。我们可以一连几天都沉浸在丰收的喜悦中，能逢人便主动告诉人家收成。

有一年，我们全家起土豆时，我把加工厂发的劳动保护羊皮大衣穿到了地里，等我们忙乎着装完车后，大衣落在了地里。等我们第二天去找时，皮大衣早就无影无踪了。当时的劳动保护大衣，穿完了几年，要交回单位后，才能领到新的，多亏后来我调出这个单位了，要不还不知道怎么才能赔上呢。

现在回想起来，当时人们为什么那么看重土豆，因为那是全家人一冬天的蔬菜。就连平时吃的粉条，也是用土豆换的。有的人家，还指望着卖点土豆，给孩子们买件过冬的衣服呢。

挑土豆是个学问，一要个头匀称，不大不小。二要呈圆形或椭圆形，如果是扁圆的、麻皮的就更好，淀粉含量高，我们说吃起来"面"。最怕的是"青头愣"，收完了让太阳晒过，吃起来"辣"。长了芽的就更不能吃了，据说有致癌物。后来，我们把没有工作经验的青年人也比喻成"青头愣"。

随着年龄的增长和知识的增加，我逐渐了解到，土豆的用途太多了。它不仅可作蔬菜，还可以作药用。土豆含有大量的淀粉、生物碱等，具有降低组织渗透性、减少渗出、抗炎、抗过敏等作用，除了能治疗静脉输液外渗肿胀外，还能治疗烫伤、便秘、脱发、胃病、高血压、十二指肠溃疡等病，简直神了。

德国科学家最近开发了一种新技术，用土豆粉制造一次性餐具。制作时，人们只要将土豆粉加以干燥后，与混合剂一道送入有一层滚烫平板的烘箱，在 180℃高温下，只需用 2～5 分钟，就可将 82 克重的土豆粉原材料加工成 30 克重的盘子、碟子或杯子。

孩提时代随风飘过，留下的就是记忆的碎片。今天水果多的是，可当年却少得可怜。又到了起土豆的时候了，我多想再到家乡的地里去捡一次土豆，去品尝一次儿时的土豆梨儿。看来，只能把这种期望寄托在梦中了。

自行车往事

退休前我翻箱倒柜地找独生子女证，好不容易在几十个证书中找到一个红塑料皮的，仔细一看还不是，原来是个自行车证。这个自行车证，极像独生子女证，还像当年我读哈师大时的学生证。

翻开自行车证，我好像骑上了一辆想象的自行车，开始了关于自行车的回忆之旅。

自行车在中国的出现，是在清同治年间的 1868 年 11 月，上海首次由欧洲运来几辆自行车，时人坐在车上，两脚点地引车而走，是一种业余消遣的娱乐性代步工具。后来，法国人米拉从日本将人力车运到上海，这种车被称为"东洋车"，因是黄色的又叫"黄包车"，成为代步工具。到了 1915 年，上海就有近 20 家自行车商店。当然，叙述自行车的发展历史，不是我写这篇文章的目的。在这里只能当作背景，接下来我还要说我的自行车履历。

我最早接触自行车，是在我读小学三年级的时候。家离学校稍远一点的同学吕斌，每天都骑着自行车上学。那时自行车对于一个普通家庭来说，几乎是个奢侈品。我记得全班四五十个同学，有自行车的也不过三五个。当时谁家要是有辆自行车，比现在谁家有奔驰、宝马轿车还令人羡慕。

每天看着吕斌骑着自行车，我和同学们都投去羡慕的眼光。我不光不敢想自己家啥时候能买一辆，就是能骑一次也知足啊。这一天终于来了，记不得事先说了多少好话做铺垫，做好了张嘴借车骑的准备。最后，他答应了让我骑一圈儿。

那是我第一次骑自行车，不知道怎样上车子。干脆来个笨办法，把自行车推到一个小高岗上，两手把稳车把后，右腿跨过车大梁，两腿在地上支着。左脚踏上左脚蹬子，右脚也踩着右脚蹬子，身子往前一倾，脚就离开了地面。自行车里倒外斜地往下坡冲，我当时也不知是忘了捏车闸了，还是捏了车闸不好使，自行车直奔路边很深的水沟奔去。我急中生智，心想不能让同学们看笑话，就干脆把住车把，朝着麦秸垛冲去。当自行车冲到麦秸垛上时，自行车行走的惯性，差点把我射出去。车子停下了不一会儿，紧张劲儿还没有过去，吕斌和好几个同学就跑了过来，把自行车要了过去。从那以后，我觉得骑自行车不光好玩，还够刺激，心里想着有机会还得学会，免得让同学们笑话。

后来，我不知道是啥时候学会了骑自行车，可也没有车子可骑，看着当采买员的爸爸骑着公家的车子回来，偷偷摸摸出去骑一圈。有时候白天看见别人骑着车子逛街，晚上我就能做我也骑车子的梦。后来，我骑车的技术熟练了，也真正掌握了骑车子的要领——和人生许多事情一样——注意身体的平衡和动作的协调。

当时，每家都分有三五垄的自留地。每年夏天我父亲要去铲地时，总得去邻居家借台自行车。借车前得和人家说一些好话，比如"很快就能回来""回来马上就来还车子"之类的。遇到借车不顺时，父亲山东人的倔强脾气上来，干脆走着去。

参加工作以后，我的第一个"五年计划"是先攒钱买块手表。后来调到机关工作了，也结婚成家了，用自行车的地方越来越多，我们就攒了140多块钱，托我们科长帮助买辆"红旗"牌自行车。因为"永久""凤凰""飞鸽"牌的虽然好，可价钱也高。为了多驮东西，有的人家还买"大金鹿"和"国防"牌的，后面的货架子很结实。当年买自行车得到商业部门找人批条子，我们科长就是从商业批发站调过来的。我把钱给了王科长，可五金站当时也没有自行车。他就把这钱放在家里，当年这140多块钱也不是小数目。他怕丢了，就从家里砖铺的地面起下一块砖来，再抠出一个玻璃罐头瓶子大的地方，把钱用塑料袋封好，装到玻璃罐头瓶子里。也不知过了多少天，我们每天都见面，可我不能每天都问他这件事。王科长也看出我的心思，隔一段时间，他就主动和我说："别着急，自行车快来了。"后来，我家真的有自行车了，再也不用出去借了，再也不用去看别人的脸色了。

改革开放以后，几乎家家都有了自行车，有的一家好几辆，每个上班的人都有一辆。我自然也每天上下班都骑，家里买东西要骑，去农场老爸的战友家串门也要骑。我还驮着我的老娘，去学校广场参加过商品交易会。在当时的大排档里，我还请娘吃了一顿饭。有了女朋友后，就驮着女朋友出去兜风，有孩子后驮着孩子去幼儿园。到报社工作后，在近处采访也骑着自行车。每天下班后，谁家门口要是停着好几辆自行车，一定是来了重要的客人，给这家人增加了不少人气，路过的人都投来羡慕的目光，那准能吸引一帮孩子们来玩。北京、齐齐哈尔等城市的工厂大门口，下班后的自行车人流，真像滚滚而来的洪流冲出大门口。这样的场景，还上了当时中央新闻纪录电影制片厂的《新闻简报》，也让许多外国记者惊讶，说中国是"自行车王国"。

当时自行车不仅是一个人身份的象征，还密切融入了我们的日常生活。谁家要娶媳妇，必须先买齐了"三转一响"四大件，自行车就是"三转"的第一件。当然还有缝纫机、洗衣机，"一响"就是收音机。我们结婚的时候，就是和几个同学推着自行车去接的她。我在兼任九三管理局工交团委副书记时，有一次组织几百名团员青年，骑着自行车去5公里以外的大青山，参加管理局团委组织的"五四"青年节郊游活动，当我们的自行车队从管理局门口走过的时候，引来无数路边的行人驻足观看，当时那场面真叫壮观。

最惬意的是夏天，每到放假的时候，我约上几个要好的朋友，骑着车子来到双山老莱河边，把自行车支在浅水的沙滩上，让后轮刚好泡在清澈的水里，用手猛摇自行车脚蹬子，车轮溅起的浪花，就像一道彩虹。在这里既刷洗了自行车，又开心地玩了一通。赶上天热的时候，我们干脆脱了衣服下水扑腾一阵子。

自行车给我留下的印象还不止这些，更有让我终生难忘的立志故事。1984年，我在人民体育出版社出版的连环画《周游世界》上，看到一个姓潘的画家，他用水墨画的形式呈现了50年前潘德明骑自行车的环球之旅。这部作品荣获第六届全国美展铜奖和第三届全国连环画评选的荣誉奖。大概意思是：20世纪30年代初，在浙江省湖州开餐馆的青年潘德明，从《申报》上看到有8位青年组织了"中国青年亚细亚步行团"，马上关掉自己的餐厅前去参加。当他赶到上海时他们已经出发，他就追到杭州入队。他们一起走到广州时，只剩下3个人，再到越南清化时，只剩下潘德明一人。他买了一辆英国产的自行车，一个人从越南，经金边横穿柬埔寨进入泰国，然后又去马来西亚、新加坡。在那里，他受到当地华人的隆重欢迎，因各界名人题词很多，他请人制作了一本4公斤重的《名人留墨集》。

1931 年 4 月 22 日，潘德明拜见了大文豪泰戈尔，泰戈尔与这位非凡的中国年轻人合影，并对他说："我相信，你们有一个伟大的将来；我相信，当你们的国家站立起来的时候，亚洲也将有一个伟大的将来——我们都将分享这个将来给我们带来的快乐。"当年 7 月，他在希腊首都雅典，被希腊首相尼各罗斯接见，并给他的壮行很高的评价："潘先生，我从你的身上，看到了东方古国的觉醒。"但是，就是在那里他听说中国因财政困难，不派运动员参加第十届奥林匹克运动会。在参观奥林匹亚遗址时，他用中文和英文写道："中国人潘德明步行到此。"潘德明进入法国后，受到总统勒布伦和总理达拉第的接见，总统热情洋溢地对他说："潘先生，对于你的壮举，我想用法国之雄拿破仑的一句话奉送：'中国是一只沉睡的雄狮，一旦它醒来，全世界都会震动。'"

更让潘德明难忘的是 7 月 29 日，在中国驻法国公使顾维钧陪同下，他拜访了在巴黎养病的张学良将军，他为潘德明题写了"壮游"两个字，后来还为他买了从英国到美国的船票。

潘德明在德国意外受到希特勒和戈培尔的接见。对全世界充满野心的希特勒竟和他谈了两天，详细地了解各国各地风物，这个蹩脚的画家还为潘德明画了一幅画像。潘德明在英国拜见首相麦克唐纳时，首相深有感触地对中国旅行家说："我们英国有句谚语，'经历是智慧之母'。世界像一部百科全书，不外出旅行，就像只读了那部书的一章一节。"

潘德明在英国利物浦登上了"欧罗巴"邮轮，于 1934 年 1 月 4 日到了美国的纽约港。在华盛顿，他又受到了美国总统罗斯福的接见，罗斯福赠送了一块金牌以资鼓励，他说："潘先生，这是美国人民赠送给你的，你应该享有这种光荣，荣誉永远属于有奋斗精神的人。"

1937 年 7 月 6 日，潘德明又经檀香山、斐济、新西兰、澳大利亚、印度尼西亚和新加坡，回到了阔别七年的上海。本来他想把日本当作他环球旅行的最后一站，但是在得知日本侵略者已经占领中国的东北后，他愤然取消了日本之行以示抗议。在他到达上海的第二天，七七事变爆发了，潘德明把一路上华侨资助他的旅行经费十万美元全部捐助抗日。当时中国画坛巨擘徐悲鸿为他题词："丈夫壮志。"李宗仁也为他题词："有志者事竟成。"

潘德明先生历时 7 年，独步行走了 8 万里，途经了 40 多个国家和地区，成为人类历史上用双脚环绕地球的第一人。

巧合的是，30年后，潘德明的儿子潘蘅生从上海下乡来到了北大荒，就在我们九三管理局的七星泡农场。更巧的是2009年，我接受一家杂志社的邀请，在庆祝新中国成立60周年前夕，采访了这位知青画家。

我家从九三管理局搬到佳木斯时，这辆自行车我还一直带着它。可后来我家搬到哈尔滨时，我也就没骑几次了，就把它放到了小区楼下的自行车车棚里。再后来我家搬到现在这个新房时，就把这辆自行车留在了原来小区的自行车车棚里。新小区里几百个车位都卖光了，小区外所有的地方都停满了车，可唯独没有停放自行车的地方。

我记得北京有个作家，她骑着自行车去人民大会堂开会，没有找到放车子的地方，她就把车子推出很远，停在了树林里。自行车啊自行车，有时让人方便，有时也让人尴尬。

儿子会骑车子后，经常骑我的车子。有一天，他想让我给他买辆自行车，我没同意。一是家里当时也不富裕，二是他们学校离我家很近，还有就是我怕他骑车子出去淘气。可我又没有合适的理由拒绝他，就说咱俩下象棋，五盘三胜，你要是能赢我，我就给你买，赢不了我，就不给你买。儿子很爽快就答应了，我俩认真下起了象棋，老伴儿一边做饭，一边给我们当裁判。当第一盘儿子赢了时，他说前轮已经到手；第二盘赢了时，他说后轮已经到手；当他说再把大架子赢到手的时候，我意识到了问题的严重性。最后，经过一番激战，第三盘儿子输了。他垂头丧气地说："原来头两盘你是让着我的啊？"我也得意扬扬，没让儿子输掉面子，还让他知道想赢老子也是不容易的。

我喜欢骑自行车，不仅绿色环保，还能强身健体。单车运动，不仅可以减肥，还可以使你的身段更为匀称。运动减肥，或边节食边运动的人，身材比只靠节食减肥的人来得更好。事实上，因为踩单车压缩血管，使得血液循环加速，大脑摄入更多的氧气。骑过一阵子之后，你会觉得脑筋更清楚。骑着这种靠本身体力去踩的双轮脚踏车，你会感觉十分自由且畅快无比。它不只是一种减肥运动，更是心灵愉悦的放飞。

我真想再买一辆自行车，闲暇时过一过年轻时的骑车瘾，找回当年那种悠哉悠哉的感觉。

记忆中的美食

在黑龙江垦区生活的几十年里，很多食物给我留下了深刻的印象。在众多的北大荒美食中，我对下面的几种记忆最深。

齐齐哈尔的香酥鸡

20世纪80年代后期，我在农垦九三管理局九三报社当编辑，90年代初又到九三管理局党委宣传部新闻科当副科长。那些年我经常到佳木斯市（黑龙江省农垦总局当时所在地）开会。从双山火车站（今天的九三站）上车，必须在齐齐哈尔火车站倒车。每次到总局开会，除了麻烦齐齐哈尔管理局的同行傅强帮助买火车票外，人家还帮助安排到齐齐哈尔后的吃住。

给我留下印象最深的，就是在齐齐哈尔管理局吃的过站饭，不管什么标准，不论哪级领导陪同，每桌必须上的一个菜就是香酥鸡。有时候吃饭的人多了，得上两只才够。吃这种香酥鸡得趁热乎劲，才能吃出香来，才能解馋。这种香酥鸡刚出锅热腾腾的就端到餐桌上，不能用刀切，只能用普通的装菜的瓷盘，上菜的服务员当着大家的面用它慢慢砍开。吃在口中慢嚼，香在心里细品，记在脑海回味。

据说做这种香酥鸡的大师傅，是当年从北京下放来的一个给某中央领导做饭的，被派到双河劳改农场改造。十一届三中全会以后，他离开农场到齐齐哈尔市里开了个双河饭店，被报刊誉为是黑龙江垦区进城开的第一家饭店。渐渐人们发现了他这个人才，领导就把他调到齐齐哈尔管理局机关招待所。

我记得在1980年3月13日的《农垦报》（今天的《北大荒日报》）醒目的位置上，曾经刊登过张福宽、胡玉森写的《双河饭店誉满齐市》的消息：宾客慕名而来，满意而归，平均每天接待顾客600余人，致使市内的3路公共汽车不得不在店前增设一站。饭店每天做50只香酥鸡，一抢而空。包办酒席者要提前个把礼拜预约，才能如愿以偿。后来，这篇消息被多次评为好新闻，收入《农垦日报》消息作品选《走笔北大荒》一书。

最令我感动的是，在餐桌上你不能说这鸡真好吃，因为兄弟管理局之间，很在意你无意中说的话。当我们上火车时，在人家给我们准备的诸多副食中，一定少不了香酥鸡。那些年，九三管理机关的好多部门都和我们一样，只要去总局开会一定免不了麻烦人家，两个管理局之间的关系真是很密切，应该说和这只鸡有一定的关系。当时的物资不是很丰富，"吃"在人们心目中占有很重要的地位。

时光闪过 30 多年了，我也好多年没吃这种香酥鸡了。尽管每年都能吃上若干次炸鸡、烧鸡，却再也没有吃到这种味道的香酥鸡。我可以不客气地说，这种香酥鸡，不比著名的德州扒鸡、沟帮子烧鸡味道差。我也向齐齐哈尔管理局的朋友打听过这位师傅，他们说他已经去世多年了。我又担心地问："做这种鸡的技术传下来了吗？"他们说有个徒弟跟着学过，在市里开了个门市，起名叫"农场局香酥鸡"。这种手艺可能还够不上非物质文化遗产，我也真担心这种技术失传。

如果真的有什么秘方的话，能注册一个商标多好。

嫩江农场的炒粉条

炒粉条在东北不是稀罕物，几乎家家都会做，小鸡炖粉条、猪肉炖粉条、酸菜炒粉条、芹菜炒粉条，等等。这些年来，让我久久不能忘记的，还是风味独特的嫩江农场炒粉条。

这里的炒粉条远近有名，不光本地人来了要点这个菜，上级领导来了，农场也给准备这个家常菜，可以说是农场的"场菜"。

有一次，上级一位领导来到九三管理局检查工作，听说这个农场粉条炒得好，又不能专程驱车去农场吃，管理局领导给嫩江农场领导打电话，让这位炒粉条拿手的师傅专程到九三来炒。这个师傅临出来时，农场书记找他谈话说："到了局里，可以帮助他们炒粉条，炒多少都行，但不能告诉他们具体怎么炒的，要留一手。"

后来，这位师傅到了局里，果然有人好奇地问他是怎么炒的，可他牢记领导的嘱咐，支支吾吾的就是不说，弄得大家都不知说什么好。

我吃过几次这种炒粉条后，摸索出具体操作的方法，估计和他的方法差不多。要炒粉条，不能先用热水煮，而是头一天或者炒前三小时用凉水泡。炒的时候，油要大，锅要热，一边炒一边往锅里放点水，多放点酱油。一边炒一边勤翻锅，不能让粉条粘在锅里。出锅时，如果能放点蒜末儿就更好了。不信你就吃上一次，准能给你留下深刻的印象。

好几年没去嫩江农场了，不知这种手艺传没传下来。

宝泉岭的糖酥饼

十几年前我在总局党委宣传部工作期间，经常去宝泉岭管理局检查，到了宾馆用餐时，给我们留下深刻印象的主食，就是香甜可口还有点烫嘴的糖酥饼。有时候一桌得上两三盘才够，可一般每桌只给一盘，不知是吃饭的人多，师傅忙不开，还是另有什么原因。有一次，我们陪同当年农建二师的部队文工团员回访，一个著名的女演员，因为多吃了两个酥饼，结果胆囊炎犯了，留下来在医院里打了两天点滴，据说这种糖酥饼是猪油做的。

我们陪同回访团来到了铁力农场，晚上有场演出，还有回访团员们与农场观众见面的仪式，农场的主持人也不知道这个名演员没到，她在会场介绍完后，掌声不断，但就是不见这个演员本人站起来与大家见面，后来农场领导只好站起来向会场的观众们一再解释，掌声才算停了下来。

有几年没吃这种酥饼了，我也真的担心这么受欢迎的主食会消失，为什么不能向社会销售，成批生产呢？

兴凯湖大白鱼

十多年前，我到牡丹江管理局帮助纪念馆改陈，在好客主人的陪同下，来到了八五一〇农场二分场所在地——当壁镇。中午时分，在主人的盛情安排下，我们在这里共进午餐"全鱼宴"。鱼宴上少不了一道名菜——清蒸兴凯湖大白鱼。

那是我第一次吃这种名贵的淡水鱼，吃过一次真的就忘不掉了。回来后不久，我就翻箱倒柜查阅资料，想把这种鱼的来龙去脉弄清楚。

据《黑龙江百科全书》（2007年5月中国大百科全书出版社出版）介绍：

兴凯湖白鱼，即兴凯湖鲌、翘嘴红鲌。属鲤形目鲤科鲌属，俗称"翘壳""翘嘴白鱼""大白鱼"，色白如玉。淡水经济鱼类，成群栖息于淡水上层。体形颀长，侧口大，斜或上翘，腹面全部或后部具肉棱，背鳍具硬刺，臀鳍延长，以鱼虾和水生昆虫为食。重量多在 2.5 千克到 3.5 千克之间，大者可达 5 千克左右。雌鱼 3 龄达性成熟，雄鱼 2 龄即达成熟，雌鱼于 6—8 月在水流缓慢的河湾或湖泊浅水区集群繁殖。产卵后大多进入湖泊摄食或在江湾缓流区肥育。

幼鱼喜栖息于湖泊近岸水域和江河水流较缓的沿岸，以及支流、河道与港湾里。常与乌苏里江的大马哈鱼、绥芬河的滩头鱼并称"边塞三珍"，又是中国"四大名鱼"（松江鲈鱼、黄河鲤鱼、松花江鱼、兴凯湖白鱼）之一。产量较高，肉嫩味鲜，还具有药用价值和滋补作用，可补肾益脑、开窍利尿，鱼脑更是健身的珍贵滋补品。

2010 年 11 月 15 日，农业部批准对"兴凯湖大白鱼"实施农产品地理标志登记保护。

由于兴凯湖湖水没有任何污染，冬季寒冷，白鱼越冬前早早就要储备能量，因而冬捕的鱼脂肥味美。白鱼每年的生长季节相对较短，成长过程就比较长，肉质更加紧实；白鱼以兴凯湖白虾为食，味道尤其鲜美。

兴凯湖白鱼背部浅棕色，体侧银灰色，腹部银白色，下颌坚厚，行动迅速，善跳跃。冬季，鱼群移至河床或较深水体越冬。性凶猛，食鳘条类、鲌类小鱼，也食昆虫。兴凯湖因湖水洁净，营养丰富，所以所产大白鱼味道尤其鲜美，常被视为国宴珍品。

清蒸白鱼做法是：将白鱼去鳞开膛洗净，用开水焯一下，打去黑衣，改一字刀；另将猪肉肥膘改片，码在鱼身上，加葱段、姜片、大蒜、大料瓣和适量高汤，上屉蒸熟；出屉装盘，除去肥膘肉和调料，浇玻璃汁即成，也可另加装饰，以增美观。其特点是形状美观，颜色洁白，鲜嫩可口，营养丰富。

吃在嘴里，就像蟹肉那么细白肉嫩，那么香。据说，这种鱼出水就死，冻了以后再做，就没有新鲜鱼的那种味道了。后来，我回到哈尔滨市里，多次在酒店吃到这种鱼，但都找不到那种感觉、吃不出那种味道。

告别老房子

当我把房门关上的那一刻，我已经意识到了，这是我与老房子最后的告别。我轻轻地往楼下走着，10 年来在这里上演的一个个镜头，从我的脑海里闪过。

2000 年的春节前夕，我们单位刚从佳木斯搬到哈尔滨。当单位的桌椅板凳卸完后，天已经黑了。我们来到了这个位于闽江路 217 号的农垦小区，单位的同事把一串房门钥匙给了我，我们借着雪地反射的月光，找到了 3 号楼一单元，走进漆黑的楼道，摸到了已经属于我的家 501 室，打开房门，一阵热浪扑面而来。我从里屋走到阳台，又来到了卧室。我真的不敢相信，这就是我的家。从此，我在哈尔滨市也有自己的房子了。

有自己房子的这种喜悦，来自 10 年没有房子住的苦恼。我在佳木斯市住的这 10 年，租了 7 年的房子，借了两年多的房子。最后，单位分给我的房子住了还不到半年，单位就搬家了。在佳木斯租房的那些年，是我家日子最艰难的一段时光。7 年搬了 6 次家，家里的盆盆罐罐都丢得差不多了。每月 140 多元钱的工资，房租就得 40 元。后来孩子上学没有钱，妻子就为饭店印刷餐巾纸，每个能挣一两毛钱，直到供孩子读完中专。从今往后，再也不用看房东脸色了，也不用为交不起房租犯愁了。

春节后，我们全家从九三过年回来，就开始装修房子了。东北的正月里，严寒难耐，尤其装修时常常还得开窗子，屋里很冷，可心里高兴，每天还得去买装修材料，苦中有乐。

去年，我买了新房子后，就打算把这处老房子卖掉。也有朋友说，如今钱都贬值了，留着房子往外租吧。租几年后，等房价高一些再卖也来得及。可我却觉得，买新房子借的钱需要还，再说，我看这老房子到处是毛病，而且也没有多少升值的空间了。

说起我这老房子的缺点，我脱口就能说出几条。这个房子最大的缺点就是客厅是暗的，常年见不到阳光，白天我们在家里，也得把灯打开。费电先不说，人要是见不到阳光，心里总感到有些压抑，时间长了就容易得病。第二个缺点是，楼板是水泥预制件铺设的，也就是说不抗震，或者准确地说抗不住大震。近年来，全世界地震频发，黑龙江省虽说不是处在地震带上，可也难说哪下子受到附近地震的波及，住在这样结构的屋里，晚上睡觉心里都不踏实。第三个缺点，大卧室的窗户不与外边直接相通，隔着阳台的窗户，新风进不来，夏天天气炎热时，晚上睡觉不通风，必须安空调。

说到这里，好像觉得我光说缺点了，其实这处房子最大的优点，就是地点好。房后就是哈尔滨市最好的景观大道长江路，离哈尔滨国际体育会展中心、红博地下购物广场只有几百米，与松雷中学只隔一条马路，附近还有省图书馆、龙塔、家乐福、东方家园等购物中心，到哪都方便，属于黄金地段。

从 2000 年 3 月 14 日我们家搬进这个屋，到 2010 年 7 月 17 日离开，我们在这里住了 10 年零 4 个月，那是 3770 多个日夜呀。我们对这里是有感情的，这种感情不是一两句话能说清楚的。

住进老房子后的第一个春节，我的姊妹们是从老家来到这过的。除夕，看完春节晚会，吃完年夜饭后，又照了"全家福"。十几口人都在这里住，有的睡在沙发上，有的干脆就睡在了地板上，大家谁也没有怨言，其乐无穷。从那以后一连几年，全家都是在我家过的年。

那年妻子的外甥结婚，外甥媳妇家是外地的。娶媳妇那天，外甥媳妇是从我家出的门，后来，外甥媳妇把这老房子当成了她的娘家。

住在这，尽管我的书房和卧室在一起，也没有影响我的创作。每天晚饭后，我坐在电脑桌前，不停地敲打着键盘。有时候我家的小宠物球球（狗），在我跟前扒我的腿，我干脆用左手抱着它，用右手打字。妻子调侃说："听着你敲打键盘的声音，我睡得可香了，因为又要有稿酬寄来了。"

在这间屋里我写了大约 200 多万字的作品。2002 年哈尔滨出版社出版的传记文学《一个女作家的遭遇》，2003 年哈尔滨出版社出版的随笔自选集《心灵的倾诉》，2004 年北方文艺出版社出版的散文集《生正逢时》，2007 年黑龙江人民出版社出版的散文集《永远的记忆》《北大荒全书·文学艺术卷》，2009 年黑龙江人民出版社出版的《走进北大荒博物馆》，都是在这个房子里完成的。在这 10 年里，我还有 200 篇、约 65 万字的散文作品发表在报刊上，有 40 篇、约 10 万字的散文作品，选入多种文学作品集。我的作品还先后荣获丁玲文学奖、传记文学奖、冰心散文奖等。

应该实事求是地说，这个老房子是为我立下了汗马功劳的。现在，我在宽敞明亮的新房子里写这篇文章时，心里也还想念着那个老房子。

我把钥匙交给新房主时，他似乎看出我们恋恋不舍的样子。他说以后你们啥时候想来就来看看，我的心里更难受了。我打心底里也不想卖了这处房子，可因为家庭资金周转不开，只好把它卖掉，理解我吧老房子，我会抽时间回来看你的。

亲历总局大搬迁

隆冬时节，"冰城"哈尔滨已到了滴水成冰的程度。可聚集在这里的人们，却心情舒畅，不觉得寒冷。

就在 2000 年 1 月 28 日上午 10 点 58 分，黑龙江省农垦总局机关从佳木斯市整体搬到了黑龙江省会哈尔滨市，揭牌仪式在哈尔滨农垦大厦门前举行。揭牌仪式由总局党委副书记孙勇才主持，总局党委书记、局长王玉林在揭牌仪式上发表讲话，总局领导王玉林、吕维峰分别揭开了"中国共产党黑龙江省农垦总局委员会"和"黑龙江省农垦总局"的牌匾。

如此大规模的整体搬家，在中华人民共和国成立后的历史上，还是很少见的。这次搬迁酝酿了有 20 多年了。黑龙江生产建设兵团（黑龙江省农垦总局的前身）时期，司令部就在哈尔滨，就在繁华的南岗区秋林公司的对面，现在秋林商厦的地方。

说起黑龙江生产建设兵团的来历，时间还得往前追溯一段。1961 年 1 月，中央东北局向党中央建议，组建生产建设兵团。同年 2 月，中央下达了组建兵团的文件，同时责成沈阳军区挑选万名复转官兵作为兵团骨干。3 月，沈阳军区从所属部队确定了 10769 名转业干部和战士，分批到达东北农垦总局、黑龙江农垦厅和水产局所属的 29 个边境农牧场，组建了黑河农建一师和合江农建二师，共辖 9 个团 24 个营 94 个连队。不久"文革"开始了，这项工作陷于停顿。

1967 年，中苏边境形势进一步恶化，全国"文革"狂潮席卷垦区，黑龙江垦区所属农场大多数领导机构处于瘫痪状态。鉴于上述情况，沈阳军区和黑龙江省又向中央提出重新组建生产建设兵团的报告。这个报告经毛主席圈阅，于 1968 年 6 月 18 日，以中共中央、国务院、中央军委、中央"文革"领导小组的名义，发出了《关于建立沈阳军区黑龙江生产建设兵团的批示》。同年，兵团成立大会在哈尔滨召开。

兵团的领导决定，把司令部搬到佳木斯市。

早在 1991 年 3 月，我刚调到总局党委宣传部工作时，就听说总局要往哈尔滨搬迁。从那时起我们就开始盼哪，盼望的另外一层意思，就是盼望早日能有一个自己的家。因为在佳木斯住的 10 年，搬了 6 次家：从东南岗的总局报社印刷家属区，到佳木斯粮校对面，从设计院家属区，到商业招待所的烟酒公司楼上。那种租房子住的滋味，那种让人家撵着搬家的滋味，不是所有的人都能体会到的。

到了 1999 年底，搬迁的准备工作越来越具体。我们除了自己家里打包装外，单位里也得打包装，还得把没有多大用处的东西进行淘汰。总局为搬家这件事，没少开会。有一天，领导开会回来，给我们部里几个年轻一点的分配了任务。每个人押运一辆车，这车上拉的都是总局机关的档案和文件等。总局军事部从驻扎在佳木斯郊区的一个部队，借来了 18 辆军用大卡车。当天上午就开始装车，晚上军车就开回了部队营房。后来，车不够用了，又从市邮政局雇了十几辆车。我们第二天一早 5 点半，就在办公室集合，乘大客车到了部队营房，在那里吃了早饭。大约 6 点钟，车队出发了。第一辆打头的车，好像是办公室的一台小车，我押的是卡车里的第三辆。开车的军人是个班长，辽宁兵。通过闲聊我才知道，他本来已请好假，准备回家过年的，可是接到了这次任务，探家的事只好往后推了。

搬家是个高兴的事，因为我们就要告别这个小城市了，马上就会成为大城市的市民了，还会分到一个像样的房子。可押车又是一件辛苦的事，更让我难以忍受的，是车门不严，从门缝往里钻风。腊月的北大荒，那风的厉害，是可想而知的。

车行驶到方正县的得莫利村了，这是中途打尖的地方。这里卖山货的，一年四季都不断，已经形成了一条商业街。这里最有名的吃食，是得莫利炖活鱼。车一停，我们通通跑到了饭厅，找个地方坐下来。这帮小战士，也冻得够呛，可还得在停车场上整队，站队来到饭厅。一律站着吃饭，一点说话的声音都没有，可我们却一边吃一边聊。战士们完全可以坐着吃，每个人跟前都有个凳子，我突然觉得部队的纪律好是好，可是和平年代，不至于这样吧。

因为是车队集体行动，车速不算很快。下午 2 点多钟，车才到了哈尔滨。

车直接开到了总局机关的临时办公场所——哈尔滨农垦大厦。早在这里等候的武警战士们，开始卸车了。我就去香电街上找储蓄所。前面我已经提到了，我们搬家的同时，总局还为我们分了房子。在这工作后，短时间内不能回佳木斯，我就带了 2 万元钱，放在了内衣兜里。不能装着钱到处走了，可种子公司旁边这个储蓄所正在装修。我又往新地街方向走，找到了一个建行的储蓄所把钱存上了。

搬到哈尔滨后，有相当一段时间我们出门打车时，出租车司机和我们说："听说有一帮种地的，发了大财，搬到哈尔滨来了。"我还得耐心和他们解释："我们总局机关原来就在哈尔滨办公，再说，哪有一个省政府的厅局不在省会办公的。"可跟出租车司机说这个，有什么用呢？

听说对于我们这次的搬迁行动，美国之音是这样报道的："中国边境地区有部队换防。"真是虚惊一场，开了个国际玩笑。

老酒伴我思乡情

从山东老家探亲回来半年多了，可我的心还是沉浸在重逢的喜悦和离别的伤感之中。可能是我们分别的时间太长了，可能是我的年龄越来越大了。反正总感觉我人回来了，心好像还留在老家。

因为这次回老家和以往不一样。我们兄妹五个年龄最小的也年近半百了，这是我们兄妹五个近50年来头一次一起回来，很可能也是最后一次。

在山东的大哥家晚饭后，他拿出了一张我姐姐小时候和我已经故去的哥哥的照片。姐姐也惊讶了，早就知道有这么个早早就走了的小弟弟，见到照片还是第一次。看来大哥是个有心人，是个重亲情的人。听着大哥大嫂这熟悉的乡音，我马上想起我的父亲母亲。这一夜，我在床上翻来覆去地想了很多。

第二天，是为我们接风的家庭宴会，一天的疲劳，让见到了久别亲人的喜庆气氛，冲得一干二净。

这一天，最让我感动的不是开餐前的自我介绍，也不是大家轮流敬酒时的热烈气氛，而是让我们都想不到的，是大哥拿出了两瓶老酒，这两瓶既普通又难得的老酒，是哈尔滨几十年前生产的五加白酒。

热烈的气氛，七嘴八舌的场面，大哥不得不大声地和我们说："这两瓶酒是那年你父亲——我四叔从东北带来的。那年你父亲来，是为了你往回办工作探路的。"

听了这番话，我们几个都惊呆了。我接过瓶子仔细地鉴定了一下，果真是那个年代生产的。

我还仿佛记得当时所经历的一些情形：改革开放以后，山东等内地省份大量引进人才，农场一些有技术职称的人，特别是我身边的新闻界同行们，陆续把工作办回山东老家。调回山东的人中，有的根本就不是山东籍的。每次我和父母说起这件事时，他们都说他们也会想办法，一定会回到阔别多年的家乡。

大概是20世纪80年代末期，我父亲和我母亲来到了山东，住在东营的大哥家，就想让大哥帮助我往回办工作。父亲平时那么喜欢喝酒，却千里迢

迢把这两瓶酒带到了山东。这两瓶看似普通的酒，寄托着父亲浓浓的思乡之情，也体现着为我办工作的父子之情。

父亲是 1989 年中秋节走的，屈指算来也有 30 多年了，他 1954 年离开老家，在北大荒奋斗了整整 35 年。

大哥说："我提议，为了赵家的兴旺发达，为了纪念我四叔和四婶，我们大家干一杯。"

我把这绵稠的酒含在口里，品着一股浓厚的中药味，咽到我的肚子里，几分酸楚也像酒香的味道，萦绕在我的心上。五味杂陈，不可名状。喝了半辈子酒的我，还是第一次喝这种滋味的酒，远在天国的父母，可曾闻到了酒香，可曾看到了我们对你们的思念？

平时从来不喝酒的姐姐和大妹妹，受到这种气氛的感染，杯中也多少斟了些父亲带来的酒。我、弟弟和小妹妹，几次端起酒杯，几次又放下，心里多少有几分矛盾。真喝，酒没有多少，不喝，也怕辜负了大哥大嫂的一片真情。

也不知父亲在那边知道不知道，他老人家当年拿来的酒，几十年后我们喝到了。感谢细心的大哥大嫂，保存了几十年。难道大哥真的知道我们一定会回来吗？

平时喜欢喝酒的我，端起酒杯，轻轻地抿了一小口酒。含在嘴里，却迟迟难以咽下。可能酒里有父亲 30 年前留下的信息，这信息就是盼着刚刚走向新闻工作岗位的我，能把工作办回山东老家，离开家乡足有大半辈子的父亲，也能和我母亲一起风风光光地荣归故里。

父亲眷恋着故乡，因为故乡有他的亲人。三年困难时期，我的奶奶病重，父亲坐了三天三夜的火车，回到老家后，陪着我奶奶度过了一生中难忘的几天，奶奶的病情居然好转了。可就在父亲从老家离开的第三天，奶奶匆匆离开了我们。

当时还小的我们，也不清楚家里出了啥事。我们看到父亲总是长吁短叹，经常一个人呆呆地望着火车站的方向，有时也顺着铁路向南望着。

我想，此时父亲的心，早已飞回山东老家了。父亲临终也没能回到山东老家，"落叶归根"这样一个看似平常的愿望，对于一个远在他乡的创业者来说，却成了一种奢望。

席间，大哥诉说着父母当年来家的情景，我的眼里含着泪花，泪水也同样湿润了大哥和在场的所有人。

回首往事颂党恩

在隆重庆祝中国共产党成立 100 周年之际，我作为一个入党 36 年的党员，有许多话要向党诉说，千言万语汇成一句话：党的恩情说不完。

我出生在一个转业军人家里。20 世纪 60 年代，我家在单位是有名的困难户。兄妹几个每学期几块钱的学费都交不起，每次都是在开学前由单位开免费证明，每年春节都享受单位的困难户补助。

20 世纪 80 年代末，我父母住院时欠了医院 12000 多元的医药费。父母去世后我们无力偿还，当时全国正在清产核资，医院也督促我们还款，实在没有别的办法了，我找到了当时的管理局领导，最后给我们减免了 5000 元。这对于当时我们家来说，是一个很大的帮助。

我在工作进步上多次得到党组织的扶持。1974 年我高中毕业分配到跃进农场七连当农工。1975 年被借调到五师粮油加工厂当上粮工。1979 年我被调到九三管理局工交党委办公室，任宣传干事、团委副书记。我当时既不是干部，又没有大学学历，不是党员，也没有技术职称，是党组织把我从基层工人岗位选调到机关党委部门，专门从事宣传和共青团工作。进入机关不久，我就向党组织递交了入党申请书。

因为党的十一届三中全会刚刚开完，一些刚刚平反的知识分子也都在积极要求入党，加上我当时很年轻，组织上一直在培养、考验我。1981 年 7 月，在团中央开展的"党的知识百题竞赛"活动中，全国 1 万多个团组织抢答，我和同事张清华一昼夜就答完 100 道题，最终荣获全国一等奖，黑龙江省仅两名。1984 年 9 月，经组织考核，我符合"以工代干"转干条件，转为国家正式干部。1985 年 6 月 25 日，我正式加入中国共产党。

入党后我的干劲更足了，我的职务也发生了小小的变化。1988 年 3 月，我作为九三管理局的代表，参加黑龙江垦区第三届青代会，被总局团委授予"新北大荒人"称号，被总局党委授予"社会主义建设青年积极分子"称号。

1989 年 6 月，被九三局党委任命为副科级编辑，后任九三农管局党委宣传部新闻科副科长。1991 年 3 月 14 日，我被调到黑龙江省农垦总局党委宣传部任副主任科员，1993 年 12 月被任命为主任科员。2009 年 9 月 3 日，我被总局任命为北大荒博物馆馆长。2011 年 5 月 30 日，在北大荒第四次文代会上，先后当选为北大荒作家协会主席和北大荒文联副主席。

调到省农垦总局党委宣传部后，我仍刻苦学习，努力工作，多次受到上级的奖励。1995 年，在黑龙江省农垦总局第三届职工读书自学成才活动中，被授予"垦区自学成才标兵"。1996 年，被黑龙江省职工自学成才奖评审委员会授予全省自学成才奖。两次荣获总局机关党委"优秀共产党员"称号；多次被总局党委评为垦区优秀宣传工作者。

我从 2003 年筹建博物馆和担任第一任馆长到 2016 年退休，在博物馆工作了 13 年。北大荒博物馆荣获全国青少年教育基地、全国青少年北大荒精神教育基地、国家三级博物馆、黑龙江省委省政府爱国主义教育基地、黑龙江省委中共党史教育基地等 20 多项荣誉。2006 年 10 月至 11 月，组织上派我到天津南开大学历史学院，参加了由国家文物局举办的全国第四期省级博物馆馆长培训班学习，荣获了国家文物局颁发的岗位资格证书。目前，北大荒博物馆有国家二级文物 5 套 36 件，国家三级文物 340 件。在纪念北大荒开发建设 60 周年之际，2007 年 8 月 16 日，《人民日报》记者在发表的《至情大美耀黑土》一文中，对我和北大荒博物馆全体员工给予了高度评价。2016 年 9 月 12 日，《黑龙江日报》记者在发表的《北大荒精神历久弥新》一文中也对我给予了很高的评价。

在文学创作上，我也多次得到党组织的栽培。我从 1978 年在《屯垦戍边报》发表第一首诗歌《粮山要比群山多》后，在文学创作上也取得了一定的成绩。40 多年来先后在《人民日报·海外版》《中国文化报》《文艺报》《读者》《人物》《中国铁路文艺》《名人传记》《北方文学》《朔方》等 70 多家报刊和中国作家网等 20 多家网站发表文学作品 680 多篇 150 多万字。有 120 多篇作品先后入选《2010 年我最喜爱的中国散文 100 篇》等 70 多部文集。著有《荒原随笔》等散文集、传记文学等 21 部，共计 490 多万字。

1999 年 7 月，我加入中国作家协会。2002 年 3 月，我被省作协评为全省优秀文学组织工作者。2005 年 5 月，被省文学院聘为第四届合同制驻地作家。2007 年 12 月 29 日，传记文学《北大荒的"管天人"》，获得第三届中国传记文学优秀作品奖。2009 年 10 月 26 日，我当选为黑龙江省民间文艺家协会副主席。2011 年 11 月 22 日，作为黑龙江垦区和森工林区的代表，出席了中国作家协会第八次全国代表大会。散文集《生正逢时》荣获第三届冰心散文奖。2012 年 10 月，当选为中国散文学会理事。2015 年荣获中国散文学会颁发的"突出贡献奖"，传略收入《中国作家大辞典》《中国散文家大辞典》《东北文学 60 年》等书。2021 年 2 月，我再次当选为第五届北大荒作家协会主席。

北大荒的开发建设，就是党中央的一项伟大战略决策。我作为北大荒的第二代建设者，深感肩上担子的分量。我多年来对北大荒历史文化的研究成果，得到了社会各界和专家的认可。近年来，我先后应邀给中国建行哈尔滨培训中心、省作家协会、省人民出版社、省报业集团、新华社黑龙江分社、哈尔滨学院、省农垦监察分院等单位做了弘扬北大荒精神的报告，进一步阐明，只有共产党领导的解放军转业官兵，才能完成开发千古荒原的壮举，取得很大反响。

2019 年 7 月 9 日，《黑龙江日报》记者杨宁舒撰写的人物专访《用文学作品扬起"北大荒精神"旗帜》中，称我是北大荒历史文化的记录者、守护者和传承者，有人称我的作品是"北大荒历史文化的百科全书"，而我觉得我只是个普通的北大荒垦二代。我的父母早已长眠在这片土地上了，我也把我的前半生献给了北大荒，我的孩子也在垦区工作，这应该就是"献了青春献终身，献了终身献子孙"的最好践行吧。

党的十八大召开之前，无论在出租车上还是在餐桌上，当我听到有人对社会风气和党风不满，流露出过激的言辞时，我感到羞愧难当。当时，我只能做一些必要的解释，心里也充满不解。十八大以后，以习近平同志为核心的党中央从严治党，严惩腐败分子取得良好效果后，我又听到周围的人们对共产党称赞时，我的心里亮堂多了，我也自豪我是一名共产党员。

面对肆虐的新冠病毒，在中国共产党的英明领导下，我国作为一个人口大国，能在短时间内调动全党、全军、全国各族人民的力量，有效控制疫情蔓延。还有前不久，我从电视上看到全国脱贫攻坚总结表彰大会于 2 月 25 日上午在北京人民大会堂隆重举行。在党中央的英明领导下，经过全国各族人民共同努力，我国脱贫攻坚战取得了全面胜利，近亿的农村贫困人口全部脱贫，创造了又一个彪炳史册的人间奇迹！中国共产党无愧于一个经过百年风雨考验的伟大的党。我们每一个受到党的恩惠的普通人，要常怀感恩的心，时刻不能忘记党的恩情。

我当学徒那两年

20 世纪 70 年代末，我在黑龙江省九三管理局修造厂当了两年半的学徒。那段短暂而特殊的经历，不仅在我的脑海里留下了深刻的印象，更为我后来事业上的发展奠定了坚实的基础。

我当学徒的岗位是一车间木型班，这是一车间最好的岗位。我刚到一车间时，分配在铸钢车间造型班。当时生产"东方红"拖拉机曲拐轴，造型时已经使用半机械化设备了。

木型班当时是黑龙江省农垦总局"工业学大庆"先进班组，每年上级都要我们写几次事迹材料，木型班的师傅们做木型的手艺都不错，可摆弄文字却使不上劲。原来班里的几个城市知青学徒陆续返城后，先后调进来两个徒弟，一个是副厂长的孩子小詹，一个是原来车间指导员的孩子小孙。

我刚到铸钢车间工作不久，正赶上一车间召开诗歌朗诵会。我很用心地写了一首朗诵诗，在车间朗诵会上声情并茂地朗诵了一遍，引起了很好的反响。后来，全厂召开朗诵大会的时候，车间副主任杨铁民又和我一起朗诵了一遍，反响比车间的还大。朗诵会后没过几天，秦师傅找到了我父亲，说要调我去木型班。我父亲回到家里，高兴地告诉我这个消息。

到了木型班，班长秦英杰把对着门口的那张案子给了我。案子很板正，还刷着天蓝色的油漆。做木型用的工具也挺全，各种型号的扁铲都有。我也很喜欢这个工作，每天看着图纸，按照图纸做模型。有一次，我在师傅交给我的图纸上发现了问题，找秦师傅请教。他看了看图纸，让我去厂技术室找马工程师。我心突突地走进技术室，马工看完图纸说了句"外径尺寸忘标了"，就用铅笔把尺寸标上。

两年多的时间很短暂，好像没学到多少东西，可仔细回忆一下，还是有挺多收获的。比如刚来不久，李师傅就和我说："木匠干活讲究方、平、直。这也是木匠的规矩。凡是有 90 度角相接的地方，都得用卡尺量一下，如果不方的地方赶紧调。"木匠离不开角尺，尤其是我们新来的徒工。秦师傅和我们说过："里虚才能外严。"

最热闹的还是每年的夏天，当我们发工资的时候，我们三个徒弟其中一个人拿出5元钱，拎着我们喝水用的铁壶，到厂外买回一桶冰棍儿。五六个师傅们和我们三个，吃得喜笑颜开，此时此刻我感觉我们是世界上最幸福的人。

我们做木型最好的木料就是红松，也叫国松。木材轻软、细致、纹理直，易加工，不易变形，也是做家具的好木材。车间从双山火车站进来一车红松，师傅领着我们都把木料运到棚上，通风干燥，还防止别的车间来人要。

当时的人际关系很纯洁，生活中师徒之间都能互相帮助。我记得我结婚的时候，师傅们除了凑钱给我买点礼品外，还用班里不太适合做木型的木料，给我做了一个炕桌、一个面板，还有一个"一头沉"（一个斗的写字台）。先用酒精调好的漆片涂上底漆，用砂纸打磨两遍后，再刷上清油，很漂亮很实用。

让我感到为难的不是干活，是为班里写事迹材料。我们班每天都离不开砂纸，用来打磨做好的模型。每个月班里去车间领一次，粗的细的加起来也不超过100张。写材料的时候，我大胆地写了"每个月节约砂纸50张"。班长看完材料说写得不够劲，具体还说不出来哪不行，最后说了一句："节约砂纸太少了，事迹不突出。"后来，我又加到了"节约砂纸百余张"。反正当时也没有人来核实，班长满意了，我就算完成任务。

车间工作不忙的时候，我们几个最惬意的事就是收拾工具。最初，是自己学着投刨子。为啥叫"投"而不叫"做"？我估计和刨床子两面凿有关，做好了也就上下通透了，所以叫"投"。投刨子的木料不好找，有时候是师傅从他的工具箱找一块给我，有时候我们到仓库干活或者领料的时候，发现进口铁皮包装用的木方，就像色木一样。色木，其实就是槭树的木头，木材紧密，纹理均匀，抛光性佳，偶有淡绿灰色之矿质纹，强度适中，木质细腻。投刨子是个细活，心急不得。最关键处是先用角尺把角度确定，刨刃口不能大。刨子柄还得是活的，很少有人第一次就能投成功的。还有比较常用的工具就是锯，保养锯就得学会"掰料"。"掰料"就是把锯齿用料掰子按照需要的角度两面掰。掰好后还得用锉伐锯，隔一个齿伐一个，找好角度。这些技术活看着简单，操作起来学问也不小。

我的工作案子紧挨着一个北窗户，夏天的时候总是开着窗户干活。师徒们有的解小手，就从窗户跳过去。有时候我去给《九三报》送稿子，也从窗户跳出去。当时《九三报》编辑部和我们厂子就隔一条马路。偶尔跟班长请假可以，时间长了怕班长不愿意，怕他们说我不安心学手艺。

当时，写稿没有稿纸，也没有卖的，我梦想着有一天也能用上公家的稿纸。后来我发表了一首小诗，让我实现了这个看似容易的梦想。

有一天，车间主任通知我下午去局里开会，到了会场我一看会标，原来是庆祝国家领导人为国营农场题词的大会："国营农场潜力很大，一定要把国营农场办好。"我掏出一个小本夹子，随意地写着。后来，我就把这首五句的诗寄给了《屯垦戍边报》。

一天晚饭后，我到九三邮局报纸分发处去看报。投递员老梁就告诉我："报上登了你的一首诗。"说着，他就给我扔过来一份，我急忙翻开这张 1978 年 3 月 23 日的《屯垦戍边报》。晚上回家，我拿出报纸给爹娘看，娘看了乐得合不上嘴，爹看了却嘱咐我："不能翘尾巴。"我兴奋得很晚才躺下，一直没有困意。我把报纸放在枕头边上，隔一会儿起来看一遍。现在我还能记住这五句顺口溜："喜讯插翅飞北国，题词点燃大干火，甩开膀子大挖潜，挖出粮山千万座，粮山要比群山多。"

第二天，我上班后，厂教导员张成富见到我，第一句话就是向我祝贺，并说以后投稿有什么困难找他。我当时就提出了每月需要点稿纸、信封、墨水和胶水，他都答应了，让我每月到厂办公室去领。从那以后，我是九三修造厂 500 多名工人中唯一一个在厂办领办公用品的。

当时改变现状唯一的途径，就是考大学。1978 年夏天，我在请假复习一个月后参加了全国高考。成绩公布后，我的分数只能上农垦师范专科学校，我父亲也不同意我去。原因很简单，毕业后的工资待遇和我当时的机务二级工资差不多。更主要的原因是我还有弟弟和两个妹妹在读书，家里急需我每个月的工资来贴补家用。多年以后，在我为了转干苦苦补考时，我都没有埋怨过父亲。

机会总是留给有准备者。1979 年 7 月，九三管理局宣传部在山河农场举办一期新闻报道员和广播员培训班，我因为发表了几篇小稿，被点名参加这个培训班。

1979 年 9 月 19 日上午，我和几个徒工正在给翻砂出来的"东方红"变速箱清砂，车间文书黄忆君走到我跟前，把一张调令递给了我，她说让我后天去工交党委报到。周围的人们露出羡慕的目光，我的小心脏又"怦怦"地跳了起来。就这样，我一个没有学历、不是党员、不是干部、没有职称的"小木匠"，调到了九三管理局工交党委办，当宣传干事、团委干事，开始了我"以工代干"的机关工作生涯。

临离开木型班的时候，班长让我做了个工具箱，把属于我的工具都带了回去，也把和师傅们相处几年的念想，都装到了工具箱里。每当看到这些工具的时候，就想起与师傅们相处的日子。

当学徒那两年多，也没有耽误我的写作。我先后在《黑龙江日报》等报纸发表了几篇杂文，在局里产生了一点小影响，为改变我的命运也起到了"铺路石"的作用。

中国作家协会主席铁凝有一篇散文叫《做人生的学徒》，其实我们每个人面对快速发展的大千世界，都是一个学徒，正所谓"活到老、学到老，人到七十还学巧"。

朝着太阳初升的地方行走

金秋时节，我随省作协"喜迎党的二十大"主题调研采风团一行，来到了习近平总书记视察过的地方——空气里弥漫着稻香的建三江。

建三江地处三江平原腹地，是我国重要的商品粮基地，有"中国绿色米都"之称，是北大荒最早拥抱阳光的地方。

来到建三江的当天晚上，在老干部活动中心的四楼会议室，面对着摆满了的建三江近年来出版的文学作品集和文学内刊，我感受到了这里的第一缕阳光。这是文学艺术之光，这是文学作品中散发出的北大荒精神之光。

北大荒不缺文学的土壤，建三江也有良好的文学氛围，如从兵团时期走出去的知青作家肖复兴、李龙云，后来走出去的本土作家陈彦斌、周玉玲，和仍然坚持创作的曲洪智、李一泰、田英民、郭亚楠、张碧岩、庞威、祝嗣友、曹秀利等。20多年前，这里曾是中国作家协会和省作家协会的创作基地。2015年9月16日，中国作家协会主席铁凝来到了建三江。她很早就从文学作品中对北大荒有一定的了解，也很向往这块神奇的土地。用铁凝自己的话说，"我这次来北大荒，是以一个家属的身份来休假的"。可真的到了北大荒，她一天也没有休息。她说："人站在万亩大地号面前，显得是那么的渺小。"

建三江雄厚的文学创作力量，是由无数个默默无闻的业余作者组成的。今年85岁的老作家曲洪智坚持业余创作50多年，1981年他在勤得利农场创办江柳文学社，1999年创办《江柳文学》内刊，至今已编印68期，培养文学人才30多人。

在北大荒的文学创作队伍里，建三江的作者群是比较活跃的。近年来，我应邀先后为李一泰、祝嗣友出版的文集和高绪波主编的《建三江散文111篇》撰写了序言，还为内部刊物《创业者》《三色水》等撰写了创刊词。

垦区的作家协会主席多年来都是兼职。建三江作家协会主席李一泰为了做好作协工作，有时不得不牺牲自己有限的创作时间。在他们身上，"甘于奉献"

的北大荒精神得到了最好的诠释。

建三江的文学是北大荒文学的重要组成部分，建三江的作家群也是北大荒作家群不可缺少的主要力量。今天，建三江在全国和世界的知名度，也有建三江作家们的一份功劳。

我看到这些勤奋的作者们，好像看到了稻田里茁壮成长的禾苗。在阳光的照耀下，通过自己的辛勤劳动，丰收的季节不会离我们太远。

来到建三江后，我感受到的第二缕阳光，是现代农业文明之光，具体说就是智慧农业之光。

我们第一站来到了北大荒智慧农业农机中心。这个中心占地14万平方米，无人化农机作业试验区80亩，承担着农机信息化管理、大田物联网平台应用、农机科技培训、农机具试验示范与推广、农机新技术联合研发、农机科创孵化器、农机无人化应用示范等功能。

在古老的中国，靠种地为生的农民祖祖辈辈都是伴随着"弯弯犁、弯弯锄、弯弯腰"的"三弯"度过。我们在大厅里看智慧农业的电视专题片介绍，犹如看外国大片一样。听着讲解员认真、熟练的介绍，我半懂不懂地点着头，观察着同行人的面部表情，脸上挂着几分自豪感。

建三江分公司近年来投资2000多万元，建设了七星、创业、二道河、红卫、勤得利、胜利6个"管理可量化、数据可利用、经验可复制"的无人化农场群，实现水旱田全程农机作业无人化，农机无人驾驶及直行辅助驾驶技术全面进入示范推广阶段。

智慧农业农机中心拥有科技含量高的信息化技术。2019年垦区首批5G基站在园区内开通，建有固定差分站、千兆光纤网络、大田物联网综合管理服务平台（200处高清摄像头及环境传感器、20处农业气象站、20处地下水位监测点、70处病虫害监测点、100套农机作业监测设备，"3S"技术链接食品质量安全追溯系统，12个管理软件），实现信息技术与农业各环节的有效融合。

智慧农业农机中心是重要的科技研发成果基地。以实施精准农业试验示范为主线，引进上海交通大学、中国农业机械化科学院和上海联适导航技术有限公司等34家科研院校、企业，创建了农机新技术联合工作室，开展农机新技术应用课题研究，培养农机科技人才，共享农机科技成果，促进农机新技术应用与推广能力的提升。目前，承担科技部"大型农业机器人集成作业"等各类农机试验示范课题 12 项。

我作为北大荒的第二代，作为在北大荒生活了 60 多年的老北大荒人，前些年我应一些单位的邀请，去讲北大荒精神的同时，也讲了些北大荒现代农业的农机作业情况，无非就是农机作业时使用 GPS 卫星定位，千米作业误差不超过 2 厘米，还有拖拉机作业一次，可以完成 6 种作业任务。今天在这个中心，没有人提这个了。看来，在日新月异的北大荒现代化面前，我真是落伍了。

在这里，大田农业物联网综合管理服务平台已被列入国家首批最完善的物联网应用示范工程项目，形成了覆盖全场 122 万亩耕地的农业大数据。开展"全程智能化农业"试验示范，打造"无人农场"，推动智能农机装备应用进程，实现农场农业生产和管理智能化。

七星农场分公司在农业物联网的建设上，开发了综合服务、农业大数据管理使用、农业科研管理使用、惠农服务等四项功能。农业物联网的信息录入方式有三种，一是自动获取，二是人工录入，三是办公过程中自动生成。

术语在文学作品里是枯燥的，我无法找到更恰当的文学语言来代替。在综合服务功能方面，七星农场首先建设了 200 个地块监测点，屏幕上的小圆点就是监测点的分布情况，每个监控点都设有一台高清摄像机，具备 360 度旋转和变焦功能，可以实时监测作物的长势和病虫草害的发生情况；建设了 20 个小型气象站，分布在七星农场 20 个管理区，实时监测和获取气象及土壤温湿度信息；建设了 20 套地下水位监测装置，实时监测地下水位变化情况，以上数据传输到平台，通过平台计算，形成了覆盖七星农场 122 万亩耕地的农业大数据。

同时，他们应用了"3S"技术。第一个"S"是地理信息系统（GIS），画面上显示的是农业地理信息系统，屏幕上的小方格就代表七星 2860 个地块的实际分布情况，点开放大其中一个地块，就是一个完整的地号档案，包括承包协议、生资、农贷、土壤信息等；第二是林业地理信息，屏幕上可以看到林带的分布情况，点开任意一个小块，就可以查询到苗木的品种、种植时间、面积等信息；第三是水利地理信息，屏幕可以看到七星全境的水系流向图，干渠、支渠、斗渠都一目了然，点开任意一个标识，就可以查询到水利工程现状，包括名称、建设时间、建设地点等信息。第二个"S"是农业遥感技术（RS），通过国产"高分一号"卫星每8天过境一次，对七星辖区122万亩耕地地块进行拍照，绘成一幅遥感图，不同颜色代表作物不同长势，绿色代表长势好，红色代表长势差，我们根据遥感图反馈的信息，工作人员及时实地踏查，查找原因，采取有效的措施补救。第三个"S"是卫星导航系统（GNSS），通过在机车上安装卫星接收器，在农具上安装传感器，实时监测农机的作业轨迹、作业面积。同时，通过应用卫星导航，我们实现了辅助驾驶、无人驾驶技术。

七星农场还建立了食品质量安全可追溯系统。通过扫描大米包装上的二维码，首先进入追溯系统的第一层界面——种植环境界面，分春、夏、秋、冬四部分；进入追溯系统的第二层界面，就可以查看到水稻的种植、加工、仓储、运输的全过程，还可以查看产地认证、土壤和水质检测报告等信息。他们开发应用了12套办公管理软件。

在农业大数据管理使用方面：一是自然环境的大数据；二是资源资产的大数据，包括土地、农机、林业、水利等数据信息；三是经营管理的大数据，包括种植结构、土地发包、农业补贴、生资订购、项目管理等数据信息；四是农业生产的大数据，包括备耕、春播、夏管、秋收、整地等数据信息。

在农业科研管理使用功能方面，他们将近些年农场承担的738项科研课题进行归类、汇总、录入平台，实现科研管理的数字化。还对七星农场122万亩耕地进行土壤检测，根据农业土壤化验结果分析，得出了水稻"控氮减磷稳钾"施肥方案，比经验施肥每亩减施磷肥商品量4~5千克，今年每亩降低种植肥料成本15元。应用了叶龄诊断技术，通过在田间安装摄像装置，利用视觉计算、人工智能技术，建立了智能叶龄诊断数据模型，实现了水稻生长性状的智能识别。

应用水稻耕层有害气体监测技术，监测水稻秸秆还田后，腐熟过程中，20厘米耕层的硫化氢、甲烷及气体压力等信息。

在惠农服务功能方面，利用这个平台，农户只需一部智能手机，下载App，就可以办理承包缴费、生资订购、农业贷款、社会保险、专家问诊等多项线上业务，实现了足不出户办理业务的效果。

第二站，我们来到了七星农场"万亩大地号"。这块一望无际的稻田总面积 14300 亩。触景生情，在"万亩大地号"前面，我联想起我当年在农场的一些场景。在我的记忆里，当年面对一眼看不到头的地，就会"望垄兴叹"，犯愁一条垄要铲好几天。今天，大地块成了现代化大农业的示范区和农旅融合的景点，许多外来旅游的人都到此打卡。看来农业不光是解决吃饭问题，还能变成一种旅游资源。

现在这里的农工们种地，简直就是从事一种技术含量很高的艺术创作，有时还能感受到一种不可言表的愉悦。有时说他们是大艺术家，一点也不夸张。不是吗，他们把优良的种子当笔，把油黑的稻田当纸，饱蘸大自然恩赐的季节油彩，画出人间最美的巨幅图画。

"三江情，七星梦"字样是用黑色水稻种植的，这 6 个大字，寓意七星人民始终牢记 2018 年 9 月 25 日，习近平总书记对七星农场发展建设现代化大农业的殷殷嘱托。往远处望去，最醒目的当数"喜迎二十大，引领新征程"这幅巨画，在党旗的映照下，仿佛一个巨人在荒原上奔跑。应该是北大荒的建三江人，在领跑中国农业。

七星农场已经实行无人插秧机插秧作业，作业机械配备北斗卫星导航自动驾驶系统，可实现路径规划、自动调头、工作部件自动结合分离、远程启停等功能。使作业环节节约人工成本，作业质量好，是未来农机作业的发展方向。实现了农业生产耕、种、管、收全流程的数字化、精准化、智能化和无人化。

当年我在农场的时候，每年夏锄时是"早上三点半，地里三顿饭，晚上看不见"，说多辛苦有多辛苦，甚至比想象的还辛苦。

来到建三江我的感受颇多，不仅是早晨天亮得早，接受现代化的科技知识也比别的地方早。

荒火点亮文化之光

我随省作协"喜迎党的二十大"采风团，第二站来到了位于三江平原穆棱河流域的牡丹江分公司八五〇农场。

在王震将军当年点燃第一把荒火的地方——农场第一管理区第一作业区的地头，我看见了一组现代建筑，还有一组人物雕像。王震将军弯腰点燃荒草，他披着风衣，神情庄重，三位身穿军装的农场领导和警卫员站在他身后。雕像的后面矗立着纪念碑，碑上刻着"王震将军点燃军垦第一把荒火"和"荒火燎原"两行大字。碑上呈现的是八五〇农场开创初期人拉犁开荒的感人场面。

王震将军的这一把火，不仅点燃了北大荒开发的荒火，也点亮了北大荒的文化之光。

从各军兵种转业来的大批文艺骨干，带来了军队重视文艺工作的优良传统。农场纷纷成立了文工队，农垦局则成立了文工团，并且创办了自己的文艺刊物《北大荒文艺》《北大仓文艺》和《北大荒画报》，还筹建了北大荒电影摄制组。正如《北大荒文艺》在其创刊号的发刊词中所言："在这充满了诗意的环境里，进行着艰苦卓绝的建设事业，这事业本身就是史诗。它不能不激发人们的文艺心灵，不能不产生出无数的优秀诗篇。"在中国文坛公开打出了"北大荒文学"的旗号，从而使"北大荒"的含义发生了历史的蜕变，具有了特定的审美含义，逐步成为一个地域性的、具有文学艺术含义的美学概念。

垦荒者在此首先创办了北大荒第一张报纸——《农垦报》。1957年10月26日，由铁道兵农垦局政治部主办，编辑部设在密山县北大营。当时为周刊，油印、四开四版，每期印刷1000多份。1958年1月1日，铁道兵《农垦报》改为铅印。同年8月1日，开始在全国正式发行。《农垦报》的报头是由时任农垦部部长王震将军题写，王震将军还为这期报纸撰写了发刊词。1959年11月14日，铁道兵农垦局更名为牡丹江农垦局，这期间的《农垦报》仍沿用原来的报名。1960年8月，牡丹江农垦局与虎饶县合并，《虎林报》合并至牡丹江《农垦报》，为牡丹江农垦局和虎林县委机关报，每期发行量为 18000 份。后来，随着农垦体制的变化，这份报纸先后改名为《东北农垦报》《兵团战士报》《屯垦戍边报》《农垦报》《农垦日报》。2000 年后，总局搬到哈尔滨，改为《北大荒日报》。

伴随着垦荒者的脚步，荒原上诞生了北大荒文学。他们创办了北大荒第一份文学期刊《北大荒文艺》。1958 年 11 月，铁道兵农垦局转业军人创办的文艺刊物《北大荒文艺》在虎林县诞生，为北大荒的文艺事业吹响了号角。1960 年 7 月，因遭受自然灾害，加上全国纸张缺乏，只好忍痛停刊。1960 年，合江农垦局在佳木斯创办《北大仓文艺》，成为《北大荒文艺》的姊妹刊物。1962 年它也由于遇到了和《北大荒文艺》同样的困难而宣布停刊，虽然只生存了两年，出版了 9 期，却在垦区文艺史上留下了浓重的一笔。这两份文学期刊的创办，团结了大批作者，在国内外文坛公开打出了"北大荒文学"的旗号。她们的作用正如《黑龙江文学通史》中评价的那样，"《北大荒》和《北大仓》两本文学期刊的创办，对黑龙江诗歌乃至整个文学事业的繁荣都起到了至关重要的作用"。

北大荒文化的第一次繁荣，也是全方位、多体裁的。他们成立了北大荒第一个电影摄制组。1958 年 6 月，十万转业官兵中有一批来自八一电影制片厂的转业军官，在牡丹江农垦局宣传处筹建了北大荒电影摄制组，组长由王玉琦担任，成员有八一电影制片厂转业的周居方、魏铎、张剑辉和朱彩斌，以及来自北京电影制片厂的录音员肖枫和摄影员董云波。

1958 年 7 月 20 日，在宣传处副处长郑亢行的指导下，由转业军官、总政文化部创作员林予制订了拍摄电影纪录片的计划。当时片名叫《跃进中的密山垦区》，共分 5 辑，计划 2000 尺胶片：第一辑《麦香千里迎丰收》《兴凯湖的渔歌》，第二辑《千里沃野变良田》《牧场春醒》，第三辑《激流之歌》《完达山上伐木场》，第四辑《金色的田野》《铁牛奔流》，第五辑《风雪田野》《活跃的山林》。这是垦区第一部自己拍摄的电影纪录片系列，反映十万转业官兵开发北大荒的豪情壮志，以及他们在各条战线上的英雄业绩。

由于当时设备简陋、人员少、经验缺乏，在实际拍摄中，计划有所调整。第一部纪录片《麦收》，由林予担任编剧，周居方、魏铎深入五九七农场拍摄。

片中还有文工团到田间向广大转业官兵进行慰问演出的场面。该片后期制作是送到北京新闻电影制片厂进行的，片成后卖给国家，以《新闻简报》形式公映，全国发行，获得了好评。新闻制片厂从此负责供应胶片，摄制组就继续拍摄，先后摄制了《垦荒姑娘》《完达山伐木》《牧场丰收》等8部纪录片，其中《冰上捕鱼》《狩猎》向国外发行。

军旅文化是北大荒文化的主流，十万转业官兵来到北大荒，带来了优秀的部队文艺工作传统。1959年1月15日，北大荒文工团于密山北大营组建，这是北大荒第一个专业文艺团体，其中大多数人是来自军队各文工团转业的文艺骨干。1969年8月，全团人员下放至农场劳动。1979年1月8日恢复原工作后，成立北大荒文工团。

摄影和美术这两个艺术门类，在宣传北大荒开发建设的历史上，也曾做出不可磨灭的贡献。1959年3月，铁道兵农垦局政治部在虎林创办了垦区第一本画报《北大荒画报》（8开，44页，全部用道林纸在北京精印，其中彩页12个），由中国农垦出版社出版，全国发行。由于翌年受自然灾害影响，该画报仅出了一期就停刊了。它的诞生，对于弘扬北大荒精神，反映十万转业官兵开发北大荒的英雄业绩，以及培养和团结一大批垦区摄影工作者，提高北大荒摄影艺术水平等方面，产生了不可估量的影响。

聂绀弩的经典作品《北大荒歌》就创作于八五〇农场。他回忆说："1959年3月4日的夜晚，我正准备睡觉，指导员忽然来宣布，要每人都做诗，是上级指示。第一次正式写旧体诗，大半夜了，交了一首七言古体长诗。第二天领导宣布我做了32首。"此诗就是那个特殊年代的产物，尘封了20多年，于1984年发表在总局《黑龙江农垦史（党史）资料汇编》第四期上。

"北大荒，天苍苍，地茫茫，一片衰草枯苇塘。苇草青，苇草黄，生者死，死者烂，肥土壤，为下代作食粮。何物空中飞，蚊虫苍蝇，蠓蠓牛虻；何物水中爬，四脚蛇，蛤士蟆，肉蚂蟥。山中霸主熊和虎，原上英雄豺与狼。烂草污泥真乐土，毒虫猛兽美家乡……大烟儿炮，谁敢当？天低昂，雪飞扬，风颠狂。无昼夜，迷八方。雉不能飞，狍不能走，熊不出洞，野无虎狼。酣战玉龙披甲苦，图南鹏鸟振翼忙。天地末日情何异，冰河时代味再尝，一年四季冬最长……"

北大荒第一部彩色故事片《北大荒人》也是诞生在牡丹江农垦局。1960年8月，由王震同志命名、范国栋编剧的话剧《北大荒人》在首都正式公演，立即引起轰动。当年7月《剧本》月刊发表，上海、天津、四川三地艺术剧院，甘肃话剧团，哈尔滨话剧院先后上演这部戏。王震指示："要拍成电影，一部电影全国都能看到！"随即，北京电影制片厂把《北大荒人》列入拍摄计划，导演为崔嵬和陈怀皑。

剧本几经修改，基本上按照同名话剧的路子进行改编，并突出了原剧中存在的两条路线的斗争。第二年3月，北影摄制组在著名导演兼演员崔嵬的带领下，到八五二、八五三两个农场拍景。崔嵬担任该片导演，并出演剧中的老猎人这一角色。著名演员张平饰演党委书记兼场长一角。其他演员大都由北大荒文工团演员担任。如于绍康饰演剧中的另一重要角色农场副场长，袁玫饰演老猎人的女儿小燕子。

影片通过对雁窝岛的开发，展开了一波三折的矛盾冲突，即是否进岛开发，敢不敢进岛，以及进岛后能否站住脚跟等一系列故事情节，塑造了一群复转官兵的大无畏精神和战胜万难的英雄气概。

影片《北大荒人》的艺术成就，还在于借助彩色的渲染和构图，第一次在全国广大观众面前，展现了北大荒大自然的瑰丽与广阔，大农业和农业机械化的威力，以及北疆军垦农场的社会习俗，使整个影片充溢着浓郁的地方特色、军垦特色和泥土气息。大批北大荒文工团演员塑造了自己熟悉的复转官兵形象，都成功地突出了北大荒人的英雄形象。《北大荒人》不愧为"北大荒人编，北大荒人演，演北大荒人"的一部好电影。

北大荒的第一部长篇小说是林予的《雁飞塞北》，1962年由作家出版社出版，不仅是北大荒开发建设5年来的第一部，也是新中国成立以后黑龙江省的第一部。1958年夏，林予从部队转业，到八五〇农场当农工。不久，调牡丹江农垦局宣传部，参与北大荒电影纪录片的摄制和编导工作。后来，他奉命筹办《北大荒文学》。在北大荒的四年里，他深入农场，采访各式各样的人物。他选择了八五三农场四分场作为他的生活和创作基地。为了写《雁飞塞北》这部长篇小说，他多次去雁窝岛，深入生活，和那里的转业官兵们同吃同住，召开座谈会，访问职工家属。

《雁飞塞北》取材于十万转业官兵开发荒原雁窝岛、建设农场的真实经历。这部小说的成功创作，对后世产生了深远的影响。20世纪60年代，著名作家茅盾在总结全国文学创作成果的书面发言中，曾将这部长篇小说列为当时的优秀之作。

北大荒开发建设纪念馆坐落在密山市牡丹江分公司8510农场，这是北大荒第一座以开发建设为主题的纪念馆。2012年8月1日该馆正式对外开放。纪念馆序厅正中是一尊王震将军半身的汉白玉雕像，雕像的基座下面安放着王震将军的部分骨灰。4个展厅主题分别为"开国将军拓荒先锋""黑龙江垦区开发建设概览""亲切关怀巨大鼓舞""奋斗十二五夺取新胜利"，展出实物和图片1000余件，同时，利用场景复原、微缩景观、沙盘等现代展示手段，生动地再现了当年王震将军率部开发北大荒的恢宏场面。该馆现有馆藏品236件（套），其中二级文物3件（套）、三级文物43件（套）。该馆先后被命名为全国红色旅游景点、黑龙江省爱国主义教育基地、黑龙江省廉政教育基地等。

北大荒第一个荣获全国"万里边境文化长廊"建设先进单位称号的管理局——牡丹江管理局，就是牡丹江分公司的前身。1993年8月8日到27日，文化部在黑龙江省召开第二次全国边境文化长廊建设现场会。总局党委副书记邓灿、牡丹江管理局党委书记杨喻晓，总局党委宣传部副部长王广贺代表总局参加了会议。牡丹江分局作为现场会的现场之一，被文化部授予"在'万里边境文化长廊'建设中做出突出成绩的单位"称号。

2019年12月2日，中国民间文艺协会授予牡丹江分公司"中国北大荒文化之都"称号。

当年王震将军点燃的荒火，包括北大荒文化之火，仍在熊熊燃烧。

第三辑

良师书话

走近王蒙先生

我到达北戴河创作之家的当天傍晚，就在一号楼门前见到了王蒙先生。来之前，我就听说王蒙先生也在这里休息，却没想到这么快就能见到他。

"王老，我是北大荒的赵国春，非常喜欢您的作品。"我连忙跟王蒙先生打招呼。王蒙先生握着我的手说："谢谢，谢谢！"

有机会走近大名鼎鼎的王蒙先生，说句心里话，真得感谢中国作家协会。如果不到中国作协北戴河创作之家，也不可能有机会与我发自内心敬佩的王蒙先生朝夕相处一周的时间。

每次看到王蒙先生给我的题字"幸会在北戴河"，我的内心都是热乎乎的。

第二天中午，我就匆匆跑到北戴河新华书店，去找王蒙先生著的书，准备请他给我签名。可真令我失望，这么大的北戴河，就这么一个小小的书店，还没有我要买的书。此时，我想起了正在筹建北大荒文学馆的史凤彬，就马上给他去了电话，说明了情况。他说明天就把需要王蒙签名的书寄来，而且给我带来了两本。

第一次读王蒙的作品，应该是在我读初中的时候。20世纪80年代中期，在学林出版社出版的《北大荒文学作品选》的序言中，我第一次看到了王蒙先生为北大荒写的几句话："特殊的条件与特殊的命运使北大荒成了文学青年的摇篮——但它比妈妈摇的那个竹篮严酷得多！因为文学是生活与奋斗的产物，是热情与痛苦、深思与挺立的产物。"从那时起，我更盼望能早日见到他。2011年上海文艺出版社在为我的《我们的北大荒》一书设计封面时，我建议美编把王蒙先生的这段话放到了封底上。

近年来，我又阅读了王蒙先生的一系列作品，对王先生的经历和思想有了更进一步的了解，对他更加敬佩了。

我看得比较认真的是《我的人生哲学》。读完后，我写了一篇读后感，题为《一部与读者倾心交流的好书》。这篇文章后来荣获中宣部和中国作协等单位组织的全国"我最喜爱的一本书"征文二等奖。

王蒙根据自己 70 年的生活经历，讲述了一个人在复杂环境下如何应对实际问题与困难。只有走过人生坎坷之路的人，才有资格谈人生的真谛。这本书的最大特色是关注人生、贴近生活，没有空洞的说教，也没有不着边际的高谈阔论，一切从实际生活出发，面对人生不可回避的实际问题阐述自己对生活的看法，真话的力量透彻通悟、发人深省。

王蒙先生用机智幽默的语言，游刃有余地运用哲学观点和方法，去解析自己面临的所有问题，并且把文学、人类学不露斧凿地融为一体，读来亲切感人，有激情而不偏激，有哲理而不晦涩，有引喻而不牵强，有新概念和创新而不张扬标新。

这本书就是谈人的行为方式、处世方式和思维方式，告诉人为什么活着、人应该怎样活着更好。

读了这本书后，我才真正懂得了什么叫"世事洞明皆学问，人情练达即文章"，我觉得王蒙是能够达到对人情世事的洞明和练达的。他这一生大起大落、曲曲折折，也正是经过了这样一些曲折，才修炼到今天这种程度。

看了这本书，能够减少人与人之间的摩擦，让人更能心平气和，人与人之间能够有更多的善意，有更多的理解，有更多的宽容，做人有更多的平常心。

最能使我产生共鸣的是王蒙先生提出的一个新的人生哲学的意义，就是"学习的人生"。对于我来说，自己一生的目标就是一个学生。

后来，我又陆续读了他的三部自传《半生多事》《大块文章》《九命七羊》，以及《一辈子的活法》等作品。

读了王蒙先生的一些书，虽然我还没有见到他本人，可我从内心却早已走近他。因为文学作品，尤其是不能虚构的散文和传记文学，已经将一个真实的王蒙、立体的王蒙，活生生地立在了我和广大读者的面前。

王蒙先生的书，我读得越多，就越想早日见到他本人。我回想起这些年，大概这是第三次见到王蒙先生了。

我记得第一次见到王蒙先生，是在北京，2011 年 11 月 22 日中国作协第八次全国代表大会开幕式上。在人民大会堂里，党和国家领导人走上主席台的时候，王蒙先生就坐在主席台的第二排。陆续走上台的许多领导人，都和他打了招呼。我坐在一楼的第9排，这一切我看得清清楚楚。

第二次见到王蒙先生是在哈尔滨，2012年12月24日在黑龙江省图书馆报告厅。他为观众作了一场"老庄的人生智慧"的讲座。

尽管当时我的座位靠后了些，可王先生的旁征博引和幽默语言，还是能让我在笑声中领悟到老庄的深邃思想。他以儒家和道家不同的治国思想入题，从"道法自然""治大国若烹小鲜"等几方面介绍了老庄的治国理政思想。他思路清晰，给我留下了深刻的印象和启迪。

2014年夏天在北戴河见到王蒙先生，是第三次。可近距离的接触，并得到他签名的大作《王蒙散文随笔集》和他的题字，还是第一次，当然也是至今我生命中最难忘的一次。

又见铁凝主席

2015 年国庆节前夕，我收到中国作协主席铁凝从北京寄来的两本书，一本是装帧精美的《铁凝经典散文》，一本是小开本的中篇小说集《对面》，扉页上分别签着"赵国春主席惠存"和"赵国春主席批评"。我真的不敢当，在人家大主席面前，咱算啥主席。

高兴之余，真佩服铁凝主席的为人真诚。从签名的时间上可以看出来，她到家很快就给我寄书了。

我和铁凝见过两次面，她的随和大气、为人真诚给我留下了深刻的印象。第一次见到铁凝主席是在七年前，我到北京参加中国作协第八次全国代表大会。报到的那天中午，我们黑龙江代表团代表们住在北京饭店。中午吃饭时，我在排队打饭，突然发现排在我前面的就是铁凝主席，我主动和她打招呼，她微笑着点了点头。会议期间，铁凝主席坐在离我很远的主席台上，我几乎看不清她的脸。联欢会那天晚上，我们黑龙江省代表团的位置紧邻中国作协。我们来到会场时，正好铁凝主席也来了，我抓住这个瞬间和她拍了一张合影。

去年，我在中国作家协会的《作家通讯》上看到了铁凝为《贾大山小说精选集》撰写的序言，文章非常感人，我就把这篇文章又选登在《北大荒作家》上，让北大荒作家协会会员也都能分享到。

第二次见面，是 2015 年的秋天。铁凝主席来到了北大荒的建三江管理局休假。我陪同总局党委副书记邹积慧来建三江看她。

这次能在北大荒接触到中国作协的最高领导，对于我们基层的文学组织工作者或作者来说，算是很幸运的。在欢迎铁凝主席的晚宴上，大家听得最多的是她第一次来北大荒的感受。铁凝说："在万亩大地号面前，我们每个人都是渺小的。"我们向铁凝请教最多的是文学，有时也谈她的作品。当铁凝听说邹积慧刚刚加入中国作协，又当选为中华诗词协会常务理事时，她站起来说："我向今年双喜临门的人敬杯酒！"她把一杯北大荒酒都喝下去了。我们也都陪着喝下了这杯祝福酒。可以看出，铁凝是个善解人意又充满生活情趣的人。

当铁凝听说和我们一起来的还有北大荒文学馆的史凤斌，他还带来了几本书想请她签名时，她推开餐桌上的餐具，马上就签了起来。她见史凤斌带来的6本书中有3本是盗版的，马上说："这几本盗版的我不能给你签，等我回去给你签几本正版的寄来。"

听了这话，真让我们感慨不已。一个著名的作家，一个每天繁忙的省部级干部，能对基层的作者这样的热心、周到。

我也不能放弃这样一个难得的机会，对铁凝主席说："我带来一本正版的，您帮我也签一下。"来建三江前的那天上午，我在哈尔滨连跑了两家书店，想买几本铁凝的书请她签名。可遗憾的是一本都没见到，只好从家里翻出这本2006年人民文学出版社出版的《笨花》。接下来就是和铁凝主席照相，在场的每个人都分别和她合影。她的微笑是那样的美，从她的笑容里，可以看出她的亲和力，看不出一丝的勉强和应付。有评论家说过，她的眼神，有一种穿透人心的力量。

座谈会上，我代表北大荒作家协会，向铁凝主席汇报了近年来作协开展工作的情况，还谈了几点恳请中国作协帮助解决的困难。

从短暂的和铁凝主席的接触中，我们收获的不仅是她对文学的独特见解和对我们写作上的点拨，也包含着她做人的真诚——我们看到了她为人的低调，看到了一个文学大家在基层作者面前的谦虚。

长期以来，我一直喜欢铁凝的作品，除了作品本身的文学魅力，还有一个原因就是，我们都是一个年代出生的，她也曾当过知青，体验过农村生活，她的有些经历让我感到很亲切。

我读铁凝的作品比较晚，第一本是布老虎丛书中的长篇小说《大浴女》。后来，我又阅读了《铁凝日记：汉城的事》《色变》《会走路的梦》《笨花》，还认真阅读了贺绍俊著的《铁凝评传》，深深地被铁凝出众的文采和政治上的成熟所折服。

我很喜欢铁凝的散文，缘于她对散文的真诚写作。铁凝说："散文自有她的矜持：她轻视'制作'，更用不着'急就'。散文本不是人生道路上的'赶集'，散文于我，是对心灵和精神的修炼。"

铁凝赠送的这两本书,《铁凝经典散文》是 2014 年 10 月山东文艺出版社出版的,《对面》是 2013 年 11 月人民文学出版社出版的, 我感觉应该是她近年来比较满意的两本书。

"平民作家"梁晓声

梁晓声是我比较喜欢的知青作家之一，也是在我熟悉的知青作家中接触比较早的一位。第一次相见是22年前，我带领总局电视台春节文艺晚会剧组的两位同志，去北京采访从北大荒回城的知青们。

10年后我再次去北京，征集北大荒博物馆开馆用的展品时，我和梁晓声约好第二天去他家，可当天我又接到了一个老朋友的约请，很难谢绝，只好拜托和我一起来的赵兄自己去了。当天晚上我回酒店时，看到赵兄除了带回梁晓声当年用过的《新华字典》和茶缸外，还给我带回了这本《弧上的舞者》，很是高兴，书的扉页上流利地签着"赵国春主任存，梁晓声2005年8月17日"。这是一本2004年由南海出版公司出版的梁晓声中短篇小说自选集。

我对梁晓声也是比较了解的。他1968年从哈尔滨下乡到北安管理局锦河农场。《今夜有暴风雪》就是他以当年的农场生活为题材创作的。他从复旦大学毕业后，先后到北京电影制片厂和中国儿童电影制片厂工作，最后到北京语言大学任教。著有短篇、中长篇小说多部，其中《这是一片神奇的土地》《父亲》《今夜有暴风雪》先后获全国中短篇小说奖。长篇小说《雪城》被改编为电视连续剧；电视剧《年轮》播出后，产生很大的反响。在北方文艺出版社刚刚为我出版的专著《荒野灵音》中，也曾介绍过梁晓声。他在20年时间里写出了60多部中篇小说。

我喜欢梁晓声的作品，不仅因为他是从北大荒起步搞创作的，更重要的是他的作品贴近时代、贴近生活，能使许多读者读后产生共鸣。

有了这么一种深刻而美好的印象后，我就很想和梁晓声认识一下，这一天终于到来了。1996年末，农垦总局要搞一台"放情北大荒"春节晚会，我被派到外景队，和另外两位同志负责京、津、沪几位典型人物的采访任务，最后一站到北京，参加由北京知青组织的北京分会场的晚会，还要进行现场采访。到北京后，我们听说第二天参加晚会的有李晓华、张抗抗、梁晓声等

一些当年曾在北大荒工作过的名人，我就一心想见见梁晓声和张抗抗。

当天下午，我和摄像的林子彬商量好了，上街买了两本梁晓声的书，让他给签名，也算我们这次远行的一次意外收获。结果，一连走了好几家大书店，竟没看到一本梁晓声的著作。

会后，我和梁晓声拍了张合影。他这张既熟悉又陌生的面孔背后，有一种强烈的责任感，透着一种现代人不多见的忧患意识。朴素的穿着打扮，看不出大作家、名人的风度，很像我当年作学徒时的师傅。

我喜欢梁晓声的作品，还因为他出身于一个普通的老百姓家庭，是一个大孝子。在他作品的字里行间，没有忘记当年养育他的父母，没有忘记他的哥哥，以至于在文集前印上与家人的合影。

从那以后，我们虽然不经常联系，可有事的时候我总能想到他。我在北大荒博物馆布展的时候，把他的《新华字典》和茶缸，摆在了文化名人榜靠前的展柜里；2007 年我在编撰《永远的记忆——北大荒博物馆馆藏文物背后的故事》一书时，选入了《梁晓声同志当年用过的〈新华字典〉》一文；2011年我在编辑《北大荒作家散文百篇》时，向他约了作品，他转来了散文《种子的力量》，为我们的书增色不少。

2008 年春天，梁晓声托他在哈尔滨的弟弟梁晓文带给我一本由他题字"国春馆长存之"的新书《政协委员》，这是一本由河南文艺出版社出版的长篇小说。

"秉性不变"是丁聪

　　在我珍藏的百余本作家、艺术家赠书中，著名漫画家丁聪的《丁聪漫画》，是我得到的第一位画家的作品，我很喜欢这本书。丁聪因为特殊的原因在北大荒生活了3年多，20多年前我陪同他和吴祖光回访时，他们的风范给我留下了深刻的印象。

　　1958年的春天，40岁的著名漫画家、《人民画报》副总编辑丁聪，和许多国务院直属部委办局的同仁一道，头戴"右派"帽子来到北大荒劳动改造。

　　丁聪结婚还不到一年，就在1957年被打成"右派"。后来妻子生孩子时，他只能隔着医院的玻璃窗望了望儿子，就内疚地登上了北去的列车。他来到八五〇农场云山畜牧场，和很多"右派"一起修云山水库。

　　为了不荒废时光，丁聪来时偷偷从家里带来一卷日本宣纸，卷得紧紧的，塞在箱里，生怕被领导发觉。空闲时，他就偷偷地画，或者追记工地劳动时的场景和人物。没有尺子，他就把皮带解下来，比尺子还方便，旁人也发觉不了。

　　后来，丁聪同聂绀弩一样，作为一名戴"右派"帽子的特殊编辑，被调到由当年日本关东军驻守虎林机关的气象站改成的《北大荒文艺》编辑部，负责封面设计、插图、刊头补白、画版样等所有美编的活儿，还要跑印刷厂、搞发行。他每天都有条不紊地忙着。每期10万字，他一个字一个字地校对，直到装订成册送往邮局，才松口气。最使丁聪难堪的是刊物印出来后，要亲自赶着一挂牛车从印刷厂拉到邮局寄发。他那双握了几十年画笔的手，一旦举起牛鞭，怎么也不听使唤。而那头倔强的老牛，仿佛故意和他闹别扭，总是不听调遣。

　　当时编辑部的编辑们，不仅要定期编好刊物，还要不断地在劳动中"改造世界观"。

　　当时印刷厂设在密山，刚建成的密虎铁路上行驶着已被淘汰的闷罐车，冬天不保暖，生着火炉，丁聪穿着棉袄，头戴狗皮帽子，风尘仆仆地在密山与虎林之间穿梭。

读者当时从《北大荒文艺》上看到许多署名"学普""阿农"的插图，很多人爱看，但熟悉他的人一看就知道是丁聪画的。别人在《北大荒文艺》上发稿可以领到稿费，而他画插图不得一文。这一切都未使他感到不公平，因为只要允许他拿起画笔，就可以使他本来单调的生活变得充实。1960年秋天，在北大荒生活了两年多的丁聪，终于踏上了南归的列车。

丁聪的漫画集子出了一本又一本：《古趣一百图》《昨天的事情》《绘图新百喻》《今趣图》……近20年来，已出版画集30多本。丁聪的漫画深受读者喜欢，喜欢他适度夸张、变形不谬，符合中国老百姓的审美情趣。

1994年8月，丁聪和吴祖光重访北大荒，笔者有幸一路陪同。他微胖的脸，头发乌黑，一根白发也没有。到了云山农场，丁聪来到当年劳动过的五一水库，大为惊讶："原来是这么大个小水坑呀，看来不值得骄傲了。"大伙儿听了，都笑了。他为云山农场深情地写下了"云山是我到北大荒的第一站，五一、云山水库的坝上，都有我抬上的土。今日能重游故地，真是三生之大幸也"。当驱车来到波光粼粼的云山水库时，他才兴高采烈地告诉大家当年工地劳动的情景，继而泼墨题词："我知盘中餐，粒粒皆辛苦。"

岁月流长，人生苦短。这36年的巨变，变的是山河，不变的是秉性，是他们对北大荒的那份特殊的情、真诚的爱。

1994年9月，也就是丁聪和吴祖光回访的第二个月，我带队到文化部在北京大兴的中央文化管理干部学校学习，当时我还接到《开拓与生活》杂志的约稿，让我写一篇丁老和吴老回访的散记，最好附上照片和丁聪在北大荒画的漫画。在北京学习期间，我给丁聪先生打电话说明约稿的情况，同时向他要了这本漫画。

这本《丁聪漫画》（系列之二）1994年4月由生活·读书·新知三联书店出版，是从丁聪1985年至1994年的讽刺漫画中精选的130幅漫画选集。

作者目光敏锐，能从人们司空见惯的种种不良社会现象中发掘出深刻的含义，并给予善意的、形象的讽刺和批评，为人们敲响警钟。

本书按作者创作时序排列，读者可以从画作的年代"窥一斑而知全豹"，从一幅幅形象生动的画面，洞见当年社会生活的方方面面。

我们开馆后不久，病重的丁聪先生来到北大荒博物馆参观，可我由于外出没能陪同，也给我留下了终生的遗憾。我在脑海里铭记的，还是 20 多年前他给我留下的谦虚、随和、幽默的印象。

端详着丁聪先生在扉页上写的"赵国春同志存正"的字样，不由得产生了几分对他的思念之情。

与张抗抗"同行北大荒"

一次，几个文友小聚，从北京回来的邹兄从包里拿出一个档案袋递给我："张抗抗给你带了本新书……"

我急忙打开一看，是一本米色封面的再版书《问问自己》。扉页上写着"国春老友惠存，同行北大荒，抗抗，2016年11月"。

翻开目录，第237页"重返黑土地"这篇上，用红笔打着钩，翻开这篇文章，插图中我又看到，2006年张抗抗来馆参观时我俩的一张合影。合影下面写着"2006年7月，参观北大荒博物馆，与垦区第二代人赵国春合影"。后来，我也把这张照片收入我的《永远的记忆》这本书中。

我想起来了，这本书第一版应该是2007年1月由时代文艺出版社出版的，当时叫《谁敢问问自己》，"我的人生笔记"系列的回忆录。

我今天要写的，是她16年前赠送给我的第一本书《作女》。

2002年夏张抗抗回访北大荒，领导派我和报社的黄娟陪同。那天，在花园村酒店里，张抗抗拿出了这本新出的《作女》，在扉页流利地签上"赵国春先生惠存，张抗抗，2002年7月"。华艺出版社把这部书列入《布谷鸟丛书·名家经典系列》。

张抗抗和数十万北大荒知青有着同样的经历。48年前，她怀着对北大荒神奇土地的向往，来到了北大荒。在北大荒的8年，张抗抗曾扛锄头种过菜，压过瓦，上山伐过木，搞过科研，当过通讯员，也有过恋爱……引起了她极大兴趣的是伐木工人的号子。她曾搭车走了好长的山路去听伐木工人的喊号。那悠扬、豪放、充满活力的声音在大山深处、在她的作品里，也在她的心头回荡。

如火如荼的北大荒生活感染了她，促使她拿起了笔。在一张小炕桌上，她铺上鲁迅先生的画像，再蒙上一层塑料布，四周钉好，就修饰成了一张不坏的新桌子。"我每天在上面作笔记，好像鲁迅先生在看着我。这张桌子居然一直用到我离开农场。"

张抗抗从那时起一写就是 45 年。从 1972 年在《解放日报》发表处女作《灯》至今，她已有 60 多部作品问世，已发表小说、散文 500 多万字。也是在这个小炕桌上，她写就了长篇小说《分界线》的提纲。她说："从我第一次往外投稿到我去上海修改长篇，再到后来上学，所有的成就确实同黑土地的养育分不开。对苦难、对人生的更深刻的认识和理解，使我写作的这条河越来越广。"

北大荒给张抗抗的印象最深的，是那长长的地垄沟，总是望不到尽头。面对那长垄，她恐惧过、厌烦过，而今再回到这里，望着那镶嵌在浓绿玉米地间的一眼望不到边的金黄色麦田，她激动了，她兴奋了：多像一幅巨大的油画啊！她忍不住弯下腰去亲吻麦穗，去咀嚼那成熟麦子的新鲜味！好像在寻找一种当年的感觉。

经过几十年风雨的吹打，张抗抗自豪地说："我很幸运，每一次都是我主动选择生活，而不是被动地接受。1979 年，我从编剧班毕业，再次面临回杭州还是留下当专业作家的选择时，我没有犹豫，再次选择了文学，选择了黑土地。"

"你回来干啥？"张抗抗好久没回北大荒了，这次突然回来，很多人都问她。她回答说："我不干啥，就想看看朋友，看看这儿的人现在怎么生活。"

20 多年了，本来很熟悉的第二故乡，她突然觉得有些陌生。一个"看"字，拉近了她和北大荒人的距离，体现了这位江南才女的柔情与率真。

张抗抗说："我已经整整 20 年没有回北大荒了，但我没有忘了当年农场职工群众对知青生活的关心和爱护，更忘不了农场的工作与生活。反映知青生活的作品是我创作的一部分，但简单地说我是知青作家又是不准确的。因为后来我创作的反映其他方面的作品则是更大量的。"

我们把她回访北大荒的见闻写成了散记《张抗抗重返北大荒》，发表在 2002 年 12 月 12 日的《文学报》上，也收入了哈尔滨出版社出版的我的散文集《心灵的倾诉》。在我工作过的北大荒博物馆里，不仅文化名人榜上有她的形象，知青作家作品里还展示着她不同时期的代表作品，我们也为这位曾经在北大荒工作过的中国作协副主席感到自豪。

张抗抗在这次回访后，写了一组散文《重返黑土地》，先后选入《谁敢问问自己》和《问问自己》。这一组散文分为"宝山宝水宝泉岭""金色的普阳""崭新的新华""青青十二队""留守知青"5个部分，淋漓尽致地抒发了张抗抗对北大荒、对宝泉岭管理局、对新华农场的深情厚谊。

在那次去宝泉岭的途中，我们除了向她请教写作上的问题，就是回答她的提问，有时也给她讲讲北大荒如今的风土人情。当听说"溜达鸡"也叫"散逛"时，她感到名字起得很形象，我以为她只是一笑了之。可在那年春节前，她给我寄的贺卡上，落款处写着"'散逛'人抗抗"。看来，要想当个好作家，处处都得当有心人。

"改家" 陈明

老北大荒人、著名作家丁玲的丈夫陈明，因病于 2019 年 5 月 20 日凌晨在北京逝世，享年 102 岁。

几十年来和陈明交往的情景，历历在目。翻开这本《别了，沙菲》，扉页上清楚地写着"国春同志留念，陈明赠，2001 年 5 月 23 日"，让我想起了 17 年前陈明赠给我这本书时的情景。

陈明曾经陪伴丁玲在北大荒工作、生活了 12 年，他们把北大荒当成了自己的第二故乡。

2001 年春，我把《丁玲在北大荒》的书稿寄给了北京的陈明先生，请这位和丁玲共同生活了半个多世纪的亲历者帮助我给书稿把把关，提提修改意见。很快，我就接到了他的回信，把亲笔修改过的书稿寄回的同时，他还赠送了我这本书。

信是这样写的：

国春同志：

您好！

收到你寄来的大作《丁玲在北大荒》，反复细阅了两遍，在字里行间再一次体会到北大荒战友们对丁玲的理解与尊重，对她坎坷一生的愤慨与同情，我很受感动，也很感激。在欣赏中我信笔记下了点滴文字，可以作为补白、说明或注解，不能称为意见，也不是建议，仅供参考而已。现用特快专递寄上，希望能早点收到，顺祝大作成功！

……

这本《别了，沙菲》是上海作家丁言昭编选的，2001 年 1 月由人民文学出版社，列入"漫忆女作家丛书"出版的。中国丁玲研究会副会长陈漱渝作了题为《云霞出海曙,辉映半边天》的序言。该书选入了茅盾的《女作家丁玲》、沈从文的《记丁玲（节选）》等10篇关于丁玲的文章。

丁言昭在20世纪90年代后期完成《在男人的世界里——丁玲传》后,再次应人民文学出版社的邀请编辑丁玲的作品,她在《后记》中写道"感到非常荣幸"。同时,她也说:"没有考虑到作者文章的广度和深度。如陈明的文章没有收入,只收了别人采访他的谈话录。我感到这些文章的内容,一般人都知道,用不着特地编选进去。其实,我犯了个错误。我自以为给丁玲写了传记后,对她的一生非常熟悉,好像别人都和我一样熟悉她,没有考虑到读者面。"

我和陈明相识在1991年。我还记得那年的8月,第五次全国丁玲学术讨论会在佳木斯市省农垦总局召开。我作为一名工作人员参加了会议,见到了陈明、周而复、牛汉、雷加、庄钟庆等知名作家学者,还陪同他们参观了汤原、宝泉岭、普阳等农场,参加了"丁玲生平事迹陈列室"的剪彩仪式,我还收到了陈明先生签名的《丁玲文集》。

陈明老家在江西,1917年2月出生在鄱阳乡下。1934年在上海上高中时,他便秘密参加了共产党的外围组织"中华民族武装自卫委员会"。高中毕业后,1937年1月,他离开家庭,经北平、太原、西安,于5月4日到达延安,先后在抗大、马列学院学习。抗战开始后,先后任西北战地服务团宣传股长,陕甘宁边区留守兵团政治部宣传大队长,延安文化俱乐部副主任、业余剧团团长。

在"卢沟桥事变"后,陈明参加了当时由丁玲率领的西北战地服务团,任宣传股长。丁玲比陈明早半年到陕北,她曾是上海"左联"主要负责人之一,到延安后又担任中国文艺协会主任。陈明是在西北战地服务团时认识的丁玲。他们开赴山西抗日前线和西安国统区开展抗日宣传。在西北战地服务团期间,陈明的宣传工作搞得有声有色,成为丁玲的得力助手。他们慰问前方军民,用文艺形式向当地老百姓宣传我党抗战主张,辗转活动于太原、榆次、太古、临汾、沁县、洪洞、运城等10多个县、市、乡、村。1938年春,西战团又奉命开进西安,在国民党西北大本营里进行抗日宣传。丁玲通过几个月的行军、演出、反摩擦斗争,发现陈明不光戏演得好,还表现出了出色的群众工作才能。她说不清从什么时候开始，喜欢上了团里这个精明强干的宣传股长。特别是在西安期间，陈明胃病急性发作住院，仅是短暂分离，丁玲也感到怅然若失。陈明呢，也时常陷入一阵淡淡的苦恼。他觉得团长对他好，好得有点过分，使他心里很不安。比方说，无论是每人一份的战利品，还是老百姓送来的慰劳品，驻地房东送来的花生、红枣，丁玲总要把自己的一份留给他。见他穿鞋特别容易坏，她就省下自己的津贴买新鞋给他。他有时甚至害怕碰到她那深邃的目光，这不仅仅是一位精明的领导、一位团里的大姐对一名普通团员的目光啊。他不敢往下想，他们不相称，她毕竟比自己大十几岁，而且是知名作家。于是，他曾经私下向一位老同志倾诉了自己藏在心底的不安，那位同志劝他调离西战团，可他又下不了决心，他不愿意离开这个战斗的集体，他不忍伤她的心……

1942年，陈明与丁玲结婚，开始了他们四十年患难与共的生活。他们没有再要孩子，陈明把丁玲的儿女当成了自己的孩子。陈明也是《太阳照在桑干河上》的第一个读者和评论者。

新中国成立后，陈明去了国家电影局，并创作了《海港生涯》的电影剧本，并将戏剧《六号门》改编为电影剧本。后来，他还将丁玲的《太阳照在桑干河上》改编为电影剧本。

然而一夜之间，丁玲被打成了"右派"。1958年春节后，丈夫陈明也被株连，戴上"右派"的帽子，被开除党籍，离开文化部电影局所属的北京电影制片厂，和国务院各部委办局的600多名"右派"一起，被下放到北大荒。

丁玲明知责任不在自己，可面对陈明仍难免深怀内疚，她对陈明说："都是我连累了你……"

陈明却笑了，逗趣说："这倒好，成全了我了，了却了我多年来的一个心事，以前你总比我'高'，现在我们'平等'了。我们成了一条战壕里的战友了……不能这样说，这样我们又多了同一条罪状，有订立'攻守同盟'之嫌，应该说我俩是'一丘之貉'才对，哈哈！"

"老陈！"丁玲见丈夫如此，心里一阵酸楚，她的眼睛湿润了。

为了不使丁玲过于悲观，使她能鼓起勇气来承受命运的捉弄，他在她面前总是使劲做出满不在乎的样子，可他内心却在流泪、淌血。

　　王震将军到他们"右派队"视察后，告诉陈明："让丁玲也来北大荒吧。"陈明很快就给丁玲写信。丁玲也于这年的 6 月末来到了北大荒，先后在汤原农场和宝泉岭农场劳动，一待就是 12 年。

　　后来，我因为撰写《丁玲在北大荒》一书几次给陈明打电话，称呼他"陈老"，他却说："你就叫我老陈吧，我也是你们北大荒的老职工了。"

　　陈明不仅在生活上是丁玲的如意伴侣，在创作上也是丁玲的得力助手。陈明在《我与丁玲五十年——陈明回忆录》（2010 年 1 月中国大百科全书出版社出版）一书中曾经这样写道："丁玲活着的时候，就没有对外界隐瞒我修改她的文章，她曾经对人说过：你们不知道，我家里还有个'改家'。这个'改家'说的就是我。有的作品她甚至想要署上她和我两个人的名字，我坚决反对。《丁玲文集》第六卷里，她又要放我的照片，我也没同意，为此，丁玲还有些生气。我做这些事情，不为名，不为利，完全都是为了丁玲。"

　　陈明在这本书里还这样写道："我的一生大部分时间是和丁玲共同度过的，而且和她在一起的岁月，是我生命中最宝贵的年华。因此，我的回忆录最后定名为《我与丁玲五十年》。"

　　丁玲生命的辉煌，无不凝聚着陈明的心血。晚年，病中的丁玲，无论在生活上还是创作上都离不开陈明，正如她自己所说的，"如果没有陈明，我一天都活不下去"。

　　陈明晚年为丁玲作品的修改、整理、出版倾注了大量心血。1986 年，在丁玲去世后，陈明任中国丁玲研究会顾问。他完成了《丁玲文集》一至六卷的校勘、七至十卷的编辑和校勘工作，编辑出版了丁玲在延安时期的作品集《我在霞村的时候》，丁玲、陈明书信集《书语》，还撰写出版了《我说丁玲》等作品。

　　陈明也应该是个很有影响的文化名人，只是因为丁玲头上的光环太亮了，也因为为丁玲付出得太多，让陈明成为一个默默无闻的"最佳男配角"，同时，也成为一片陪衬红花的绿叶。当然，这丝毫不影响陈明在北大荒人心目中的位置，反而觉得他更加无私和伟大。

讲述知青故事的贾宏图

在我熟悉的北大荒知青作家中，贾宏图算认识比较早的。那是 1991 年 6 月在佳木斯市召开的北大荒第二次文代会上，贾宏图的精彩讲话，赢得了雷鸣般的掌声。他的讲话也给我留下深刻印象，带来了莫大鼓舞，他在讲话中除了提到了十万转业官兵中的代表作家，还提到了全国当红的知青作家，最后，也提到了北大荒的第二代——本土作家。在他提到的五个本土作家名字中，最后一个就是我，为此一连好多天我都处在兴奋中。

当我第二次见到贾宏图时，他已经到省文化厅当厅长了。那是 20 多年前的一个夏天，我和总局党委宣传部王广贺副部长从佳木斯来到哈尔滨，慰问在省文化厅工作的北大荒知青。那天晚上，聚了有 20 多人。贾宏图带来了 3 本他写的书，签名后赠送给大家，我也得到了他签名的《大江向洋去》《冰冻的解点》《贾宏图散文》。

2008 年 12 月，我又收到贾宏图赠给我的新出版的长篇巨作——作家出版社出版的《我们的故事——一百个北大荒老知青的人生形态》。在书的扉页上醒目位置，印着这样一段让无数北大荒人刻骨铭心的话："谨将此书献给在过去四十年里，将青春、爱情、生命献给这片黑土地的战友，献给离开了北大荒但仍以北大荒精神奋斗的战友们。"

在这本书里，贾宏图不仅描写了当年知青的苦难与风流，而最主要的是，他还讲述了后知青时代的那种艰辛、坎坷，他们今天有多少人下岗，他们家庭的情况、孩子的情况是什么样，这种时间上的跨度，让他这本书的历史感显得更加厚重。《我们的故事》所记录的知青的真实故事，无论是仍留在北大荒的，还是已经返城的老知青的经历，都具有强烈的感染力。

贾宏图真的有一种使命感，他是知青上山下乡这段历史的见证者，他要把它记录下来告诉后人，正是由于他有这种使命感，所以他就觉得应该把这些东西告诉这个世界、告诉未来，他觉得这就够了。

贾宏图是哈尔滨的知识青年，1968 年从哈一中高中毕业后，随着"上山下乡"的洪流，来到了黑龙江生产建设兵团一师一团，即今天的北安管理局锦河农场，当了兵团战士。他曾经有个幸福、欢乐而又充满美丽幻想的童年。到了 1966 年高中就要毕业的时候，由于他品学兼优，被吸收为哈尔滨市第一批中学生党员，并被选为出国留学生。然而，他的理想被十年浩劫冲成了泡影。两年后他来到了北大荒。

他刚下乡那阵子，跟着一个姓何的连长在小兴安岭的山沟里开荒种地。一次，贾宏图和连队的一帮"秀才"，根据高玉宝的《半夜鸡叫》帮何连长整理了忆苦思甜发言稿，只不过地主的名字"周扒皮"变成了"李扒皮"。何连长经过他们的辅导，基本上把讲稿背下来了。开忆苦会那天，连队的大食堂只点了一盏小煤油灯，他们先唱《听妈妈讲那过去的事情》和忆苦歌，还没等何连长讲，大家已是哭声一片了。营里给他们连送信和报纸的车已经有半个月没到了，大家都有些想家，平时谁一哭就被批为"小资产阶级情调"，现在有了合法大哭的时候，谁也不肯坐失良机，女士一带头，男生也不甘落后。到何连长痛说家史的时候，全连已是号啕大哭。接着又吃忆苦饭，基本原料都是从猪舍整来的，又掺了野菜，真是难以下咽，大家哭声更高。最后全连哭得一塌糊涂。指导员说，这是连里开得最成功的一次会议。会后贾宏图给报社写了一篇稿子——《何大爷痛说家史动人心，众战士铁心务农爱边疆》。何连长出了名，贾宏图也因写了这篇小稿成了脱产干部——每天可以不下地干活，躲在连部写稿。

写了几篇小稿后，贾宏图被调到营里当通讯干事。后来，师里很快发现贾宏图是块料，要调他到师部报道组，结果营里不放，说他"要求自己不严"，还需要在基层锻炼。又过了几个月，兵团司令部直接下了调令，把他调到《兵团战士报》当记者。这一干就是 6 年。后来，他又被调回哈尔滨，历任《哈尔滨日报》编辑、副总编辑、主任记者，哈尔滨市委办公厅主任、省文化厅厅长、党组书记兼省作家协会主席，《黑龙江日报》社长，中国作家协会全国委员会委员。现任黑龙江省政府文史馆馆员。

贾宏图是一个很出色的报告文学家。他在《哈尔滨日报》当记者期间，写的报告文学《她在丛中笑》荣获第三届全国优秀报告文学奖，《挑战》荣获

1987 年由《中国青年报》、人民出版社联合举办的《在改革大潮中的年轻人》"火凤凰杯"报告文学奖。

贾宏图对北大荒的突出贡献，不是当年写了多少新闻报道，而是成名后写了一篇《仰视你，北大荒》，发表在《人民日报》上，在全国产生了轰动。

从那以后，丰厚的北大荒的历史文化资源，成了贾宏图文学创作素材的"富矿"。他为宝泉岭管理局采写了 39 万字的纪实文学集《风光无限宝泉岭》，为八五〇农场采写了 20 万字的纪实文学集《红星闪闪传万代》。他在宝泉岭管理局采访时，管理局文化委的杨德君陪同后，也写了一篇《走近贾宏图》，发表在报刊上。他们从农场来哈尔滨，贾宏图掏腰包，从家里拿两瓶酒，就去他家附近好一点儿的饭店宴请大家。他对北大荒的感情至今也没有淡薄，每次知青聚会，他都自然流露出那份纯真的深情。说起在北大荒的那段经历，他从来没有埋怨和后悔，眼睛总是放着光芒。

贾宏图是给北大荒作家作品集写序言最多的人。给我和于济川、张佑臣、李道鸣、李丕显、张玉林都写过，最早的应该是于济川的《于先生的绝活》，给张玉林写的最多，少说也有 5 篇。早期写的序言，很多都选入了他的《活过·爱过·写作过》一书。

2019 年 1 月，哈尔滨工程大学出版社要出版我的《北大荒文艺史略》（和郭亚楠合著）、《北大荒文物的诉说》、《丁玲在北大荒的故事》时，贾宏图又为我的 3 本书认真撰写了题为《对北大荒的文化的守护和建设》的序言，再次对我的文学创作给予充分肯定，对我的 3 本书给予高度评价，对我多年来从事的北大荒文博事业和北大荒作家协会的工作给予了理解和认可。

我也曾几次写过贾宏图。第一次是 1991 年 7 月写的《贾宏图印象记》，收入我的第二本散文集《散逸集》。因为了解不多，文学功底也不足，写得不满意。第二次是 1999 年秋我写的《贾宏图为往事干杯》，发表在《文化导报·文化名人》专版上。当时我写了一系列知青作家，对贾宏图自认为了解，却没写出深度和新意，写得也不满意。这次是我第三次写贾宏图，是我写的"大家赠书记"系列中的一篇，也怕写不好。

2009 年，贾宏图的《我们的故事 2》也由作家出版社出版。2012 年 8 月，武汉大学出版社以《没有墓碑的青春》为题，将这本书列入"黑土地之歌"

丛书出版。著名知青作家叶辛为这套丛书撰写了总序。2015 年 2 月，作家出版社又在两本书 120 多个知青故事里精选了 50 篇，出版了《青春 1968》(《我们的故事》珍藏本)。北大荒的知青作家，也是这部书的责任编辑萌娘，在《编者的话》里这样写道："宏图收集采写的这些知青故事，是他数十年的心血，退休之后终于有时间成书，便一气呵成。那时候，人们一窝蜂地为商人写作时，宏图先生却不计名利，执着于为已经解甲归田的老知青写作。这些文字虽不是'披阅十载''字字看来皆是血'，却是带着他的体温和心跳，是被作家梁晓声称为'第一等的情怀'之作。"

"偶逢成一笑"的王观泉

在我家的百余本作家赠书中，这是唯一的一本毛边的，也就是印刷厂装订完后，还没来得及切的。这本书还是30年后再版的，虽然不算畅销书，我敢说是一本常销书。我对这本书情有独钟的原因，还不仅仅在于此。

我还清楚地记得，2011年6月16日那天早晨，我和老伴儿早早就到医院里，看望了刚刚出生的孙女，之后就乐颠颠地去单位上班了。不一会儿，就接到郑加真夫人刘安一老师打来的电话，通知我中午参加他们安排的宴请王观泉和鲁秀珍夫妇的午宴。

午宴开始前，郑加真向王观泉介绍了我之后，王观泉先生拿出了这本《怀念萧红》，在饭桌上为我签了"国春老友，观泉2011年6月16日，编者观泉"。

我早就从《北大荒文艺》的创办历史上，对王观泉先生有了一定的了解，可面对面地在一个桌上用餐，这是第一次。我知道他是上海人，1950年参军后，就开始发表作品。他先后当过皖南军区文工团的舞台美工、中央军委训练总监部干部。1958年他从训练总监部转业到北大荒。后来，以其特长从劳动岗位上调入《北大荒文艺》编辑室，在评论组担任文学评论工作。

王观泉家境贫寒，初中没毕业就进入社会，过着流浪生活。他是个典型的自学成才者，1962年调入黑龙江省文联，分配到省文学研究所从事文艺理论工作。后来，担任研究员、硕士生导师，是中国现代文学研究会理事、中国鲁迅学会理事。著有《鲁迅年谱》《鲁迅美术系年》《鲁迅与美术》《欧洲美术中的神话与传说》《"天火"在中国燃烧》，传记文学《席卷在最后的黑暗中——郁达夫传》《一个人和一个时代——瞿秋白传》《被绑架的普罗米修斯——陈独秀传》等。他在美术史学方面是一个颇有建树的学者，在文学方面，撰写的名人传记也独具一格。

我接过这本书，好奇地翻着。王老说："这本书还没有上市，今天我去印刷厂取回几本，赠送大家。"

写这篇文章之前，我才认真地看看这本书，觉得除了有学术价值外，也有一定的收藏价值，值得我认真学习。在北大荒劳动生活过的黄苗子，用篆字题写的书名。前勒口是 30 年前这本书初版时的封面书影，下面的几行字这样写道："茅盾先生书题的《怀念萧红》，由黑龙江人民出版社于纪念萧红诞辰 70 周年国际学术研讨会的 1981 年。"翻开首页，就看到了萧红 1936 年摄于日本的头像，下面写着"谨以此书纪念萧红诞辰一百周年"。接下来的一页，是萧军 1981 年 6 月 21 日为本书初版本上的题字。扉页上"怀念萧红"几个字，是丁景唐的手书。

一本书请了 3 位名家题写书名，其中一定有故事。王观泉先生在《增补本编后记》中有这样的介绍："茅公当时已有病，且忙于筹备 1981 年鲁迅诞辰 100 周年的国际学术研讨会，基本封笔，但却欣然挥毫，一横一竖二帧怀念萧红。"茅公仙逝于 1981 年 3 月 27 日，《怀念萧红》的版权页日期为是年 2 月，这时茅公还健在，但当时书的运转很慢，经最后审读上市，编者取到样书是 4 月末，寄出的第一册样书是 5 月 2 日，这时茅公已经仙逝一个多月了。由于茅盾挥毫题名时，萧姓尚处在用"肖"字替代的年代，如今肖劲光、肖克等开国元勋已经重归萧劲光、萧克，肖红也可以回归萧红了。于是就产生了再请谁挥毫题名一事。王观泉想请黄苗子先生，他时年 97 岁，重病住院，王观泉虽然坚信只要能动笔，黄先生一定会写的，但毕竟把握不大。于是他又请了时年 91 岁、住在华东医院的丁景唐先生题写，结果，王观泉先后接到二老的书题。景唐先生是请家属把笔墨纸砚拿到医院，在病榻前写的；黄苗子先生是 9 月出院后写的，写的是篆书。

这本今天再版的 30 年前出版的书，内容很丰富。以黑龙江省作协主席迟子建的《落红萧萧为哪般》作为本书的序言，这是她 2010 年去香港时写的。接着就是王观泉的《拉萧红辫子那个孩子走了》，这是一篇从写鲁迅的儿子周海婴的逝世开始，回忆萧红的作品。还有鲁迅为萧红《生死场》作的序，胡风《生死场》读后记，茅盾论萧红的《呼兰河传》等，许广平的《忆萧红》《追忆萧红》，以及胡风、梅志、萧军、白朗、柳亚子、丁玲、聂绀弩、端木蕻良、夏衍等文人学者 30 多篇回忆和悼念文章。

当年，和他一同来北大荒劳动改造的诗人聂绀弩，曾经专门为他著诗《赠王观泉》："投荒垂老一尘轻，走石飞沙塞上情。何日同寻青冢好，此身新见黄河清。我从滟滪堆边至，君在蓬莱顶上行。偶尔相逢成一笑，不知何处不春明？"

多才多艺的蒋巍

《我是个才华横溢的家伙》是蒋巍 10 多年前赠给我的，我佩服他才华的同时，更佩服他的胆识。心里没底的人是不敢给自己的书起这个名字的。当然，蒋巍也没有违心地起个谦虚的名字，乍看这本书的名字，就能抓人眼球。

该书是 2005 年 1 月哈尔滨出版社出版的。扉页上用他那龙飞凤舞的字写着"国春同志雅正，蒋巍，2005 年 10 月，于北京"。这是那年我和同事去他家征集北大荒博物馆的展品时，他签名赠送给我的。

蒋巍在《我是个才华横溢的家伙》自序中开门见山地写道："我不能不承认，我是个才华横溢的家伙，而搞文学艺术，除开爱好和勤奋，还特别需要才华的。这种才华是天赋的一种通透的目光，一种灵动的领悟和感悟力。读、看、听、想，你能海纳百川，思接八极，电光石火，举一反三，激情四射，文采飞扬，从形而下扶摇直上，让读你的人也跟着心跳，或热血衷肠，或感慨唏嘘，或掩卷长思，这就叫才华。"

初读蒋巍的作品，是我高中毕业到跃进农场参加工作后。在从家里带来的剪报本上，我读过许多他激情四射的诗歌，当时虽然对他还不了解，却也很佩服他的才华。和蒋巍的来往是 20 年前，我正在写我的传记文学集《荒野灵音》一书。我根据他在北大荒的经历写成了一篇《从黑龙江畔归来的知青作家蒋巍》，寄给他看，很快接到他的来信和稿子，我还记得他在我的稿子后面补充了一段他的突出成绩。2000 年 1 月，这本书由北方文艺出版社出版，由新华书店向全国发行。

和许多同龄人一样，蒋巍也有着一段"激情燃烧"的经历。1968 年 10 月，蒋巍从哈尔滨市下乡到黑龙江生产建设兵团独立一团（现绥化农垦管理局嘉荫农场）。当兵团战士的第 11 天，蒋巍就以出色的文笔和组织能力受到领导关注，被调入团"文革办"当了团长的秘书。不久他又被团长列入后备干部名单，作为副团长的苗子着意培养。这期间，他在完成大量公文写作任务的同时，开始了诗歌创作，并很快有了很大的影响力，北大荒成为他走上文坛的第一块基石。

返城后，蒋巍到哈尔滨日报社当了记者。他带着北大荒人的那种拼搏精神，整日奔波在大街小巷，挥动一支勤奋而富有激情的笔，歌颂真善美，鞭挞假恶丑，写出了许多有影响力的报道。他也由诗坛转向报告文学的创作，成为黑龙江省获得"三连冠"殊荣的作家和省级优秀专家，受到省委、省政府的通令嘉奖。他的长篇小说《海妖醒了》、长篇纪实文学《延安女性风景》及多部报告文学和散文集相继出版。他参与编剧的电视剧《山后那个秋》获东北三省电视剧"金虎奖"一等奖。

关于他的才气，也早有权威论著进行过论述。在1997年11月北方文艺出版社出版的《黑龙江作家论》中，评论家王立华这样写道："他是从写诗开始的，他的诗作比报告文学要多得多；他写小说，早期的小说曾经被全国有影响力的《小说月报》选载，在读者中产生了广泛的影响；他写电视剧，已拍的待拍的已有多部。当然，他还重视文艺理论及评论的研究，并且不乏内容翔实、论述深刻精当的文章或演讲。"蒋巍的写作题材广泛、结构自如、文学性强。

后来，蒋巍成为黑龙江省作协副主席、哈尔滨市文联主席，1997年又调入中国作家协会工作，可他对北大荒那份感情仍然不减。在农场组织的纪念城市知识青年下乡20周年返场联谊活动中，蒋巍坐在农场招待会简朴的房间里说："虽然我在基层农场只待了一年零八个月，可这儿的生活我永远忘不了，想起来就有一种火辣辣的情感。"

北大荒人也没有忘记蒋巍。我在北大荒博物馆布展时，把他的照片和人物介绍，和其他47位与北大荒有关的文化名人一起列入了"北大荒文化名人榜"。

红孩的散文世界

　　翻开红孩寄来的散文集《东渡东渡》，熟悉的笔迹映入眼帘："东渡是伟人出发的地方，由此他改变了中国。相信你看过此书，也能改变什么……赠赵国春兄正之，红孩，2016 年 9 月 22 日。"

　　全国写散文的人里不认识红孩的不多，可在此我还要简要介绍下。红孩，1967 年生于北京。1984 年开始从事文学创作，出版长篇小说《爱情脊背》，中短篇小说集《城市的海绵》，散文集《东渡东渡》《运河的桨声》，文艺随笔集《拍案文坛》《理想的云朵有多高》，散文理论集《红孩谈散文》《铁凝散文赏析》，诗集《笛声从芦苇中吹来》等十余部，创作完成电影《风吹吧麦浪》、话剧《白鹭归来》。2003 年加入中国作家协会。现担任中国散文学会常务副会长、致公党北京市委文化委员会副主任。曾任《中国文化报》副刊主编。文艺评论获得第二十二届中国新闻奖，散文获得第五届全国报人散文奖、冰心散文奖。

　　我早就读过红孩的作品，对他的大名也早有耳闻。真正和他见面是 2008 年 9 月，在西安举行的第三届冰心散文奖颁奖典礼仪式上。那次，我的散文集《生正逢时》有幸获奖。

　　颁奖仪式结束后，红孩主持散文创作论坛。全国来领奖的作者和西安的一些作者都参加了颁奖仪式。会议开始不久，他听广东的一个作者说我来了，马上让我上台讲几句。我想推托一下，但没有找到合适的借口，还是上台随意说了几句，大意是感谢评委的厚爱，让我有机会来向大家学习的同时，也开阔了我的视野。当时，我看到石英老师坐在主席台上，我谈了读他的《怎样写好散文》的感受；看到王宗仁老师坐在台下，我也说了几句读王老师散文《藏地兵书》的体会。因为事先没有准备，失去了一个向大家学习的机会。从内心还是感谢红孩，对我一个来自祖国边远地区的业余作者给予了关照。红孩是一个优秀的文学组织工作者，很会调动我们的创作积极性。

　　后来，和红孩接触多了，聊天的机会也多了。从交谈中我才知道，红孩出生在京郊农场。20 世纪 90 年代，我们都是《农垦工人》杂志的通讯员。他从很小就对北大荒充满好奇，心里充满想亲自去看一看的渴望。2010 年 6 月底，阿成带领一个作家团到北大荒采风，我约请了红孩。那次我们一起走了十几个农场。后来，我有合适的作品就发给红孩，他就发表在《中国文化报》副刊上。

红孩那次来北大荒采风后，北大荒给他留下了深刻的印象。回去后他在主编《2010 年我最喜爱的中国散文 100 篇》时，收入了我的散文《亲历农垦总局大搬迁》。他在点评中这样写道："我有过在农场工作的经历，对于北大荒农垦，我一直怀有景仰与敬畏之情。当去年 7 月，我与本文作者赵国春等一行十人一同踏入那片神奇的土地时，内心是非常激动的，有一种失踪多年的孩子找到亲娘的感觉。看过几处万亩粮田，感受到北大荒人的国家主人翁意识后，我曾含着热泪对很多的老北大荒人说：中国过去有两大精神——大庆精神和大寨精神，我要说，你们是第三种精神，即伟大的北大荒精神。是的，北大荒精神是伟大的，它毕竟被写进共和国的历史。作为历史的记录者，赵国春们责无旁贷。我在并不遥远的北京期待着。"

周明先生在为这本书撰写的题为《红孩的散文世界》的序言中写道："正因为红孩有着丰富的人生阅历，自己钟爱的文学编辑岗位和不断地向前辈作家、艺术家学习的精神，从而使得他的散文日臻成熟，以至被当下中国文坛所关注，成为散文界承上启下的重要领军人物。红孩是个有散文思想的人，这些年他陆续写了几十篇散文理论文章，在散文界广受青睐，有些话甚至成为名言。"

红孩的散文也很有特色，用周明老师的话说，"他的散文语言平白朴素，接地气，绝少有四六句那种装腔作势和晦涩难懂的词句。作品感情充沛，视野开阔，涉猎题材丰富。作品有自己的意境追求，哲学思辨色彩很浓"。当然，他的作品也很注重细节，思维具有现代性，对我的散文写作有很大的启发。我也常常把他的作品转发到朋友圈和几个有品位的散文作者群。

《东渡东渡》共分"退失菩提心""阿妈的经筒不说话""脸对脸呼吸"3辑 69 篇。

给我留下深刻印象的是开卷之作《东渡东渡》。开篇自然舒缓地把读者的阅读欲望调动起来："人的一生会遇到很多河流，这河流或许因为水流湍急，使人们无法到达对岸。此刻，当我站在黄河西岸的吴堡县川口村红军东渡渡口，眺望那黄河之水从眼前缓缓流过时，我怎么也无法想象 1948 年 3 月 23 日毛泽东和中央前委机关是如何渡过黄河的。"作者从参观一个叫荞麦园的美术馆写起，走进这座可称为世界之最的八九米高的仿窑洞式建筑，看到四壁挂满了中外名人字画。更让他眼前一亮的是一条大船。荞荞说："这条船是从她陕北老家搬来的，你可不要小瞧这条木船，1948 年 3 月毛主席率领的中央前委机关 800 多人东渡黄河到山西坐的就是这条船，当时我的爷爷就是老船长。"看着墙上毛主席东渡黄河的照片，看到主席身后的荞荞的爷爷，红孩对荞荞说："东渡船看来是你们薛家和川口人的一种情结，其中有对领袖、对红军的无限深情，也体现着陕北人民的纯朴、善良、重情重义，而且也包含了一种信仰。"

就当时掌握的素材，作为一般的散文作者创作冲动上来，可能就会完成一篇作品。可红孩就是红孩，"散文是说我的"，他珍视自己的独特感受，一定要到当年红军东渡的地方亲眼看看。机会都是留给有准备的人，红孩回京后不久，参加了一个到延安采风的作家团。到了绥德佳县后，他又专程驱车几十公里，来到了当年红军东渡的地方川口村。这时，他又给荞荞打电话，告诉她自己已经到了毛主席东渡的渡口。

作家为了完成一篇作品，不光需要脑力、笔力，有时写这样非虚构的散文作品，更需要脚力。间接得来的感受和素材，就像塑料花，缺少鲜活和血色。

"生活中拥有海纳百川个性的红孩，与文学创作上的敢破敢立的红孩构成了他人生对比鲜明的两极。也许正因为如此，红孩的朋友越交越多，红孩的文学道路愈走愈辽阔，愈走愈光明。散文是个易写难工的文体，红孩散文的魅力，在于他能从纷繁复杂的现实人生中淬炼出精彩的人生，看到真诚的人性和温情的心灵。"（刘宁《他拥有了自己的文学王国》代后记）

一部优秀的作品不仅受到读者的喜欢，也能得到专家的认可。2016 年，红孩的这部《东渡东渡》散文集，荣获首届"东方文艺奖"一等奖。

红孩不仅是一个优秀的散文家，还是一个出色的散文评论家。他说："小说是我说的世界，散文是说我的世界。"他说，"散文可以宣泄情绪，可以讲故事，可以写见闻，散文是自由的。但是在写作过程中，散文虽注重写实，但是又不能把你见到的、知道的统统写在纸上。散文需要打扮，打扮又需要取舍。散文的功能不是再现事物的原委，而是如何表现事物的本质。你知道的如果别人也知道，你发现的别人也发现，这样的散文写得就很乏味"。

从那时起，我就很想有机会请他为我的散文集写篇序言，一是对我的散文写作给予理论上的指导，二来也想借助红孩的名气。2011年12月，我请红孩为我的散文集《荒原上的冷暖情怀》写篇序言，他答应后很快就发来了这篇《每个人的写作都是历史的记录》。红孩在序言中这样写道："赵国春是属于北大荒的，也是属于北大荒作家群的。他属于北大荒第二代，他的骨子里流动着北大荒的血液，他的脚下粘满了北大荒的泥土。正因为如此，他的写作离不开北大荒的生活。北大荒是一片神奇而又多情的土地。"

2018年9月，红孩把这篇序言收入中国言实出版社出版、中国散文学会向全国散文爱好者特别推荐的《红孩谈散文·散文是说我的世界》一书。该书出版不久，我就接到了红孩寄来的这本带有他签名的书。

读完这本《东渡东渡》，没有改变我身边的一切，却改变了我对散文的认识，更加了解了红孩散文作品的开阔视野和题材的广泛。

第四辑

文友对话

纪念郭小川

金秋的北京，正是欣赏西山红叶的好时节，我们却重任在肩，无暇去赏西山红叶。

2005年10月18日下午，我和一起来京为北大荒博物馆征集展品的赵国维，来到了已故著名诗人郭小川的家，他的夫人、87岁的杜惠老师热情接待了我们。根据我们的要求，杜老师为我们找出了郭小川生前用过的笔筒，找出了当年的照片、手稿和部分文集。她一边不时地看着对面墙上的挂钟，一边给我们介绍着郭小川的情况……

1919年，郭小川出生于河北省丰宁县凤山镇。1933年春，日寇侵占承德前夕，郭小川随父母逃亡到北平。七七事变后，他参加了八路军，被分配到120师359旅任宣传科干事，后来调司令部任机要秘书，在王震旅长的直接领导下工作。1943年春节，郭小川与杜惠在延安结婚。解放后的十多年里，他一直从事新闻宣传和文艺工作……

时间在不知不觉中悄悄流逝，杜惠老师突然跟我们说："今天是小川逝世29周年纪念日……"我们听了这一信息不知如何是好，赵国维满脸歉意地说："真不好意思，我们真是不知道，今天真不该打扰您……"

杜惠老师赶紧说："那有什么，我们今天在这里整理他的手稿，不正是对他最好的纪念吗？"是啊！诗人也不会想到，在他逝世近30年的时候，遥远的北大荒人还没有忘记他！

我们没有理由忘记这位诗人，因为我们不能忘记历史。1958年的春天，十万转业官兵响应党中央的号召，从祖国的四面八方汇集到北大荒，参加垦荒建设。在这场波澜壮阔的运动中，郭沫若同志写了《向地球开战》这首诗，发表在《人民日报》上，为转业军官壮行。信阳步兵学校政治部宣传助理员徐先国同志，读了郭老的诗深受感动，随后写下一首《永不放下枪》，应和郭老的称赞：

一颗红心交给党，英雄解甲重上战场。不是横戈渡长江，儿女离队要北上，响应号令远征北大荒……

此诗 1958 年 5 月 7 日在《人民日报》上发表后，王震将军立即给徐先国同志写了一封信，信中写道："你唱出了我的心声。"当天晚上，郭小川到王震家去做客。一见面，将军就告诉郭小川："今天《人民日报》登了一首好诗。"随后，郭小川拿过报纸看了两遍，觉得确实不错。

王震将军激动地说："这些话，很动人，也道出了像我这样的老战士的心声。"郭小川说："是啊，用拿枪的手，强迫土地交出粮食，多有气势！多有力量！合乎一个战士应有的风格。后四句意境更高，不但使有过亲身体验的老战士动心，就连我这没有负过伤的老战士，感情上也很激奋。"

王震将军说："应该请一位作曲家，给谱成歌曲。"于是，郭小川和将军一遍遍地吟唱起来。后来，郭小川在《人民日报》上发表了一篇《关于〈永不放下枪〉的诗评》，文中写道："为了这首诗，我们用了几个小时的时间，首先不是这首诗，而是这些人。只有具有这种革命风格的人，才能写出反映这样的人的诗来。作者并不是知名的诗人，然而，生活的力量却使他写出诗人都未必写出的诗来。我想，如果千千万万在生活中迎风破浪前进的人们都来写诗，那一定会涌现出许多伟大的天才来。"从那时起，北大荒在郭小川的脑海里留下了很深的印迹。

郭小川对北大荒人充满了感情。1962 年 12 月，时任《人民日报》特约记者的郭小川，陪同老首长王震同志视察了北大荒，亲眼目睹了战士们那种战天斗地其乐无穷的生活，掩不住内心的激动和喜悦，在从虎林返回北京的列车上，写下了不朽的诗篇《刻在北大荒的土地上》。诗人吐纳时代风云，追溯北大荒开拓的历史，纵情讴歌英雄的北大荒人无私无畏的爱，和绵延子孙的崇高理想。

这首《刻在北大荒的土地上》，令我们这些北大荒人永远感到无比的骄傲和自豪。不光是中央领导来视察时，总局领导在会上朗诵了这首诗，而且在北大荒博物馆里，我们把这首诗全文刻在最醒目的位置。

……继承下去吧，我们后代的子孙！／这是一笔永恒的财产——千秋万古长新；／……耕耘下去吧，未来世界的主人！／这是一片神奇的土地——人间天上难寻。

我敢说这是北大荒人引用最多的诗句。我们在了解诗人郭小川的同时，也非常想知道一点儿杜惠老师的情况。杜惠老师在介绍诗人的时候不愿意讲自己，可我们对她还是有一些了解。杜惠1920年生于四川省长寿县，1939年在延安中央党校学习。谈起与小川之间的爱情，杜惠不时流露出那种怦然心动的神情。在郭小川延安时期的笔记本里，至今还保存一首题为《八年》的诗：

八年，青春的季节，/ 爱情一直在两颗火热的心中激荡，/ 说不尽的甜蜜往事，/ 一辈子咀嚼不完的袭人的味，/ 延河边上的冬天多么冷，/ 大风刮着，/ 有一双温存的手 / 为我扣好皮大衣的纽。/ 在春天，野玫瑰的芳香，/ 使我们陶醉，不，那是我们并排地 / 走着，不住地热吻 / "巴尔干"的夜，胸脯对着胸脯……

这是郭小川留在人间一首没有作完的爱情诗，它是隐藏在那些被岁月的斑驳染成旧黄的文字中的，仿佛是隐藏在郭小川内心的那股奔涌的暗流。

1943年春节，延安的一间窑洞正在举行婚礼。土炕，借来的木桌、条凳上放着牙具和两本手订的油光纸笔记本，黄泥堆成的抹得光光的"沙发"上，铺了一张光板老羊皮。墙上那副手书分外引人注目，那是延安著名的四老之一吴玉章所赠："杜林深植惠，小水汇为川。"婚联里嵌进了郭小川、杜惠两个人的名字。结婚那天，文艺理论研究室主任欧阳山是主婚人，党支部书记刘白羽是证婚人。仪式非常简单，主婚人、证婚人发过言，郭小川谈了恋爱经过。杜惠发言说："在整风中，我一定努力克服资产阶级的温情主义，做一个坚强的无产阶级革命战士。"逗得大家哄堂大笑。没多久，伙房送来一大桶红枣绿豆粥，每人一碗，这是当时延安婚礼中最稀有、最珍贵的食品，这个非常俭朴而独特的人生仪式，在杜惠看来是她一生中最大的财富。

杜惠于1981年在光明日报社编辑的岗位上离休。这位早年与郭小川在延安并肩战斗的革命者，在郭小川去世29年后的今天，正引导我们走近诗人。

杜惠老师的家里，除了书和郭小川的遗物外，没有一件像样的家具。书房里，放大了的郭小川的遗像，高高地摆在书柜上面，诗人仿佛并没有离开我们。

怀念陈忠实先生

转眼间，陈忠实离开我们六年了。六年前的 4 月 29 日，他放下了他一生酷爱的文学事业，来不及和喜欢他作品的读者告别，就匆匆地离开了我们。

陈先生的作品我早就读过，见到陈先生本人是 7 年前，在北京参加中国作协第八次全国代表大会时，看到陈先生在会场的过道旁休息，我就过去做了自我介绍，并请求合影。他欣然应许。这位著名作家和中国作家协会副主席，没有一点大作家的架子。

陈忠实先生应该对北大荒有点印象。在 2007 年《农垦日报》(《北大荒日报》的前身）创办 50 周年纪念活动前夕，时任报社总编辑的张佑臣通过沈阳军区作家吕永岩找到了陈忠实先生，想请他为报纸写几句话。本来想给他微薄的润笔，可陈先生很快就把写好的书法作品寄来了，却一分钱也不收。"绿野金山大粮仓，神笔妙句好文章。"落款是"原下陈忠实"。

后来，这幅书法作品被选入黑龙江美术出版社出版的《彩墨流芳——〈农垦日报〉书画收藏集（书法卷）》后，又刊发在黑龙江人民出版社出版的《走笔北大荒——〈农垦日报〉副刊作品选》扉页上。

对陈忠实同样充满感激之情的，还有北大荒文学馆馆长史凤斌。2015 年 5 月的一天，史凤斌一次收到了陈先生寄给他的 3 本书。史凤斌是北大荒的一位业余作者，因为喜欢文学，他自费创办了北大荒文学馆。这个文学馆除了收藏黑龙江和北大荒作家的作品外，还收藏全国部分著名作家的作品。当他通过陕西省作家协会找到陈先生的电话后，就给陈忠实打电话过去，说明了创办文学馆的情况，也说了想得到陈先生签名著作的事。陈先生说："办文学馆是件好事，我一定支持你，签名的事你就放心，我马上就办。"

果然，陈先生很快就把签了名的 3 本《白鹿原》寄来了。这 3 本书分别是题写给北大荒文学馆、盛京文学馆和史凤斌的女儿史记文青的。签名的日期是 2015 年 4 月 28 日。我很赞同著名评论家、茅盾文学奖评委李星在接受媒体采访时说的这段话："人格的重量影响作品的重量，有多伟大的人格，就有多伟大的作品；有多高的境界，就有多高的作品。他的厚重、博大，他的宽度广度都渗透到他的作品中，他说文学依然神圣，他也用生命在践行着这句话。"他的人品和文品，就像他的名字一样忠厚、朴实。

我喜欢他的获奖作品长篇小说《白鹿原》，也读过他的散文集《我的行走笔记》。这本书的序言《行走中的匆草一笔》，是他自己用手写体出版的。看了让人很亲切，翻开书后，感觉是在看作家的一个笔记本。该书不仅选入了写国外的"别人的风景"，还有他写家乡的"自家的山水"。我读着读着，就随他的文字来到了国外，又不知不觉来到了西北高坡。在我看来，用他为《农垦日报》题词的后半句"神笔妙句好文章"来概括和评价他的作品，最恰当不过了。

忆顾城

顾城已经离我们远去了，而且越来越远。读他的诗歌时，我却觉得他就在我们中间，在无数的喜欢他作品的读者中间，因为他的诗歌还活着。

多年不曾写诗的我，却常常捧起他的一本诗集，怀念这位匆匆来过北大荒的诗人。

那是在 20 世纪 80 年代中期，准确地说是 1985 年 9 月，我当时在九三管理局工业公司党委办公室工作。有一天我去九三报社送稿子，管理局团委书记任鸿鹏从隔壁办公室走过来，和我打了招呼后说："有点事想请你帮忙，明天过来几位写诗的客人，请你帮助陪一陪。"

当听说让我陪同的是顾城等人时，我很是高兴。因为我当时就是一个诗歌业余作者，也很喜欢顾城的作品，曾经在《北大荒文学》上，看到他的诗歌《化石》《假如歌曲再也不重复》《窗外的夏天》。他的名字，给了我深深的印象。

9 月 14 日，在九三管理局招待所，我见到了他们四位，除了顾城，还有江河、杨炼，他们由加格达奇铁路局的一位姓韩的作者陪同。

当年的九三小城，也没有什么可看的。因为是诗人，我估计他们会对书店感兴趣。于是我陪同他们漫步在九三的这条主要大街上，来到了新华书店。在这里，我给在局直中学的诗歌作者杨文山打了电话，让他来见见这位朦胧派诗人。后来，杨文山在他的回忆文章中写道："当时的中国百废俱兴，人民的精神状态昂扬奋进，文学更是繁荣昌盛。青年人都在拼力地阅读，文学青年太多了，许多青年人自发地组织在一起讨论文学，诗歌更是受到青年人的喜爱。顾城的一些诗，人们读不太懂，就更喜欢去研究他，他也因此被称为朦胧派诗人。当时谈的具体内容是什么，我全都忘记了。有一个问题一定是谈到了的，那就是诗歌看懂看不懂的问题。"

我当时还没有接触名人的经验，更不知他后来的名气这么大，没能和他照上一张相，也没能让他写上一句话，这也成为我后来的一个遗憾。

杨文山顺手从别人的笔记本上撕下了一张纸，请顾城为他写上一句话。停顿了一会儿，顾城写下了"在语言停止的地方，诗前进着。1985年9月14日"。这句话不仅定格在杨文山的记忆里，也成了顾城给北大荒业余作者唯一的一句题词。

为了以后和他联系方便，他在我的《九三报》采访本上写下了他的家庭住址。

我记得他谈起曾经在乡下放猪的经历，也曾当过木匠，却没怎么谈诗歌创作方面的问题，可能我们一时找不到更好的话题，诗歌创作也不在一个层面上。

多年以后，我才逐渐了解到顾城的身世和文学成就。顾城1956年出生于北京，他的父亲顾工是一位著名诗人，也是一位军官，我记得当年顾城曾在《北京晚报》当编辑。20世纪80年代中期，我在《北大荒文学》上也曾经看到他的作品。顾城在12岁的时候写了一首两行诗《一代人》，后来被视为新的非主流诗体代表作："黑夜给了我黑色的眼睛，我却用它寻找光明。"

"文革"开始后不久，顾城全家被下放到山东昌邑县喂猪。顾城听不懂当地的方言，因而在他自己的封闭的世界里，他全神贯注地投身于对自然的体悟，"自然界的声音变成了我内心世界的语言。这是多么幸福的事情"。

他在田野中，每当有诗的灵感，就会写下来。后来他说："我在自然中听到一种秘密的声音，这个声音在我生命里变成了诗。"他曾写到，他最早感觉到的诗是雨滴。

5年后，顾城返回北京，在一家工厂工作。他开始疯狂地写作，甚至在他房间的墙上也写满了文字。他开始与一群诗人为友，包括北岛、多多、杨炼、芒克、舒婷等人。

舒婷和顾城1982年合出过一本诗集，出版社让作者自己定印刷量，顾城一下子就要了6万本，诗集一时也不好卖，他当时欠了出版社很多钱。之后，他托很多人帮他卖书，但那些人卖了书之后都没有把书款给顾城，一时间让他狼狈不堪。

我还从舒婷的回忆文章中看到，80年代顾城四处投稿，连福建最偏僻的县文化馆都可以收到他的一摞手稿——随便挑着发吧。于是稿费三元五元零星地汇来，白菜、粉丝中也可以加土豆了。有次居然汇来了 50 元"巨款"，小两口商量后，手拉着手步行穿过八一湖公园，去个小储蓄所存钱。次日，不幸车轮胎爆了要换，两人相挽去取十块钱；第三天，正逢白菜大贱卖，又取十块钱；再一天，他们刚进储蓄所，还未开口，柜员先发话了："你们能不能把明天的十块钱一起取走？"生活上的窘境，反倒促使诗人在创作上更加勤奋。

顾城与谢烨的相识很浪漫，那是 1983 年，从上海开往北京的火车上，两人一见钟情。顾城害羞，假装读报，报纸挖一个窟窿偷偷看着。女孩发现了也并不说破，只是红着脸。火车到站后，顾城匆匆把写着地址的纸条塞在女孩手中。当时，谢烨还是个正在读书的学生。经过一番"两地书"，谢烨不顾家人的反对，他们最终结合了。

两年后，顾城利用到大兴安岭参加诗会的机会，来到位于松嫩平原的九三管理局。

顾城从九三回到北京三年后，他和谢烨移居新西兰。开始的时候，顾城在奥克兰大学担任汉语会话课程的老师。他喜欢默默地坐着，注视着他的学生，等待学生们和他对话，可学生们却在等待他主动去讲话。没过多久，学生们就都不来上课了。学校发现此事后，他失去了这份工作。

后来，顾城夫妇搬到了奥克兰海湾一个名叫激流岛的小岛。再后来，他们有了自己的儿子——木耳。

最令人不解和感到惋惜的是，1993 年 10 月 8 日，顾城的语言停止了，生命停止了。

顾城和谢烨的开始是一部美好的爱情剧，结局却是让人痛心的悲剧。他也给中国诗歌史增添了许多珍贵的篇章。重读顾城的散文，有一段写得非常好，他写道："在语言停止的地方，诗前进了。在生命停止的地方，灵魂前进了。在玫瑰停止的地方，芳香前进了。"

我们陪同顾城当年去过的新华书店还在，当年住过的九三招待所早已不存在了，那里建成了商服一条街，夏夜里成了人们消遣的大排档。喝啤酒的人们，不曾知道在这里曾经住着一个匆匆过客般的诗人。一个看我们很远，看云却很近的著名诗人，如今物是人非，留下的，只有我们对他的怀念。

生命的四季

转眼间，柳萌先生离开我们5年多了。每当我想起这位幽默风趣的老人时，都不自觉地回忆起我们最初相识的情景。

那是2008年1月，我和郑加真先生等带着自己的书稿，在黑龙江省作协党组书记李曙光的带领下，到北京参加全国图书展销会。

报到的那天晚上，郑加真先生说要去柳萌家拜访，问我有没有带书，也给柳萌送上一本。因为柳萌当年戴着"右派"帽子，曾经在北大荒劳动过，我们也是"荒友"，他也是我很景仰的老作家之一。我找出一本《永远的记忆——北大荒博物馆馆藏文物的故事》，签上"请柳萌老师雅正"几个字，递给了郑老。

当天晚上十点左右，郑老来到了我的房间，送来了这本回忆录《春天的雨秋天晴》，扉页上写着"国春荒友雅正，柳萌，二〇〇八年元月"。

该书于2004年1月列入扬生主编的"人之初书系"，由工人出版社出版。

柳萌，原名刘蒙。1935年出生于天津宁河。1950年入伍，1957年至1960年被扣上"右派"的帽子，先后下放北大荒、内蒙古的农场劳动锻炼。1982年加入中国作家协会。当过中央军委公安军后勤部文化教员、工作员、编辑，《人民航运报》编辑，《乌兰察布日报》编辑，《工人日报》编辑组长，《新观察》杂志副编审，作家出版社编审，《小说选刊》杂志社社长等。

柳萌先生挚爱文学，他的文学作品是他生命的结晶。他的作品里充满社会责任感和正能量，感情真挚、思考深沉。读者反复琢磨、咀嚼过后，能真正体会到生活的哲理和真谛、人生的境遇及情感的跌宕，从而能让人享受到文学之美、审美之美、境界之美。他用心写下的文字，意味深长的美文篇章，已镌刻在当代文学的发展进程中，他专注的目光、仁厚的心地，将会被无数热爱文学者长久怀想……

柳萌在这本书的前勒口处这样介绍自己："我的经历，写在书中，刻在脸上，几十年的荣辱沉浮，都已经水流云散，现在留下来的只是记忆。把这些记忆中的事写下来，倘若对读者为人处世有所裨益，我也就感到非常满足了。如果非介绍不可的话，只是想说，我是一个普普通通的人，别看前半生历经坎坷，现在活得依然快乐。"

工人出版社这套书的责任编辑王建勋为本套书撰写了题为《人之初书系缘由》的总序。同时入选这套丛书的还有张守仁的《文坛风景——我与当代作家》、梅志的《珍珠梅》、牧惠的《耍水·耍枪·耍笔》、李国文的《楼外谈红》、赵大年的《人生漫记》、刘军的《梅林小雨》。

这本《春天的雨秋天晴》共分"轻舟能载几多忧""荒原四月无春色""寒春孤身走西口""荒唐年代荒唐事""驿路尽头露春色"5章，共计74篇。

"小人物没有历史地位，不像大人物考虑荣辱，因此，在记述个人经历时，更多的是想倾诉心语，绝对不会顾忌名声。起码我自己就是想说话，用亲身经历发布看法，用文字表达我的情怀，不然何必花时间回忆过去。回忆过去等于重新经历苦难，在心灵上是要承受痛苦的揉搓的，所以写这部纪实文学并不觉得轻松。我能够断断续续地把它写成，不管怎么说，我的没有欢乐的青春岁月，总算在有生之年记录下来。这在我也总算是完成了一件事。"

柳萌在后记里提到感谢的几位中，就有北大荒"荒友"郑加真。

1958年春天，柳萌同众难友在北京前门火车站会合，在凄风苦雨中登上了"右派"专列，开始了漫长而苦难的劳动改造生涯。他和许多难友们来到北大荒的八五〇农场，一待就是3年，后来又到内蒙古19年，直到党的十一届三中全会以后才摘掉了"右派"帽子。

柳萌在该书中详尽描述了北大荒三年劳改生涯："右派队"（八五〇农场所属的一个新建点）用"五间房""七间房"命名，"这些茅草屋是两三年前部队转业官兵垦荒时抢盖起来的，给我们临时栖身，屋顶不严实，积雪融化，屋里就滴滴答答地下雨，我们只好用脸盆、雨衣来接雨"。后来，"马架子"抢盖起来了，一间马架子挤了十来个人，晚上或躺或坐，或做个小油灯看书。

"五一"劳动节前总场调来节日食品，道路泥泞，两台汽车半路上都陷入泥坑，他们扛着铁棍、背着绳索去救援。满载物品的大卡车越陷越深，他们无奈将车上的东西卸空，汽车轮胎照样空转不动；于是，他们就挑选急用的物品，每人或扛或背，跌跌撞撞，跋涉20多公里回来迎接节日。

书中还介绍了众多有名的难友，如书画家黄苗子、丁聪、尹瘦石、杨角、作家聂绀弩、吴祖光，记者朱启平、高汾、戴煌等，也写了难友中的小人物，写他们的不同遭遇、负重劳动、骨肉离散、各式各样的家庭危机，以及苦中作乐堪称一绝的"文艺晚会"。

柳萌在北京逝世后，中国作协给了他高度的评价："柳萌先生是中国共产党优秀党员，当代著名作家、散文家、编辑家"，"第一、二、三届鲁迅文学奖评委，首届郭沫若散文奖评委，中国散文学会常务理事、北京杂文学会理事、中华文学基金会理事。他是一位正直善良的作家、散文家，在他不平凡的艰苦岁月里积淀了丰厚的学养，他长期笔耕不辍，勤奋创作。先后著有散文随笔集《中国当代散文精品文库——柳萌散文》《当代散文名家精品文库——柳萌卷》等20余部。先生作品多次获文学大奖，其中《生活，这样告诉我》获首届全国优秀青年读物一等奖，《寻找失落的梦》获中国纪实文学优秀创作奖"。

我和柳萌先生见过几次面，给我印象深的有两次。一次是2011年7月，一起参加由中国散文学会和秦皇岛市北戴河区主办的"全国散文名家北戴河创作营"。一起活动的四五天时间里，我们聊得最多的还是北大荒，他还关切地询问郑加真的身体情况。我们一起参加了主办方为我们安排的一些活动。第二次是2014年7月，还是在北戴河创作之家，参加中国作家协会组织的会员休假，共同度过了一段短暂而愉快的假期生活。他每天愿意和邓友梅、蒋子龙等老作家们，坐在院里核桃树下的椅子上，聊着一些他们感兴趣的话题，我们几个年轻一点儿的在一旁默默地倾听。

读柳萌的作品后，更加了解到在他的生命历程中，曾长期承受着失去公平、正义的辛酸、悲苦与屈辱，深感公平、正义比阳光更重要。柳萌的纪实散文，写的是他自己，又不仅仅是他自己，他抒写的是他们那一代知识分子的命运悲歌，他的散文记录的是一个时代。当历史学家将历史总结概括为几条"筋""骨"的时候，柳萌等一批有良知、有责任感、有历史感的作家，会为其注入精、气、神，令历史变得血肉丰满而形象可观。

几天的朝夕相处，柳萌给我留下了极好的印象。他诙谐幽默，与人相处其乐融融。

柳萌说："自然的四季，可以周而复始，生命的四季，消失不会再来。"

纪念一个已故作家最好的办法，就是用心读他的作品。我读柳萌先生的散文，就像稻田里的秧苗沐浴着春天的细雨。

欲与诸君醉一场

我很早就看过聂鑫森的作品，知道他的大名，但得到他签名的赠书，却是5年前的事。

那年，我们作家协会和北大荒酒业集团联合搞了一个征文活动，主题是"我与北大荒酒的故事"，面向全国，后来《北方文学》也参加进来，具体事宜由我来负责。

一天，我从应征作品中突然发现了聂鑫森的《北大荒酒催诗忙》，我匆匆看完，觉得眼前一亮。不愧是个老作家，作品写得就是老到，洋洋洒洒写了许多，就是没有离开北大荒酒的主题。结果，经过初评和终评，该篇作品在全国300多篇来稿中荣获一等奖。

聂鑫森的这篇《北大荒酒催诗忙》，写的是2003年冬天，他和全国的几位著名作家来哈尔滨参加为《章回小说》举办的签售活动时，在返程的火车上，一路由北大荒酒相伴，一路有诗诞生的感慨。情真意切，很接地气。

那次他回到家后，当夜在日记里即兴写了一首名为《列车上遇小友刘凤国》的诗："归家千里有知音，雪色酒馨伴昼昏。公时囿君余独饮，何时共醉玉东楼？"

聂鑫森出版了许多作品集。从他的这篇应征作品里，我也了解到，他2011年10月在金城出版社出版了《杯光酒韵——中国酒文化探秘》，这是一本散文随笔式的文史专著。我突然对他这本书产生了兴趣，可能那段时间我正热衷于中国酒文化的研究。于是，我就把想法通过电话和聂鑫森说了，很快我就接到他寄来的这本书。翻开封面，扉页上用毛笔写着"赵国春先生雅正，壬辰冬，聂鑫森"。

细翻这本书，很是好看。自序《杯光酒韵说来由》，不光写出了这本书的由来，也写出了他老父亲良好饮酒习惯对他的熏陶。"我自小爱酒，大约与供职于中医界的父亲有关。他一生就未离开过酒，给病人诊病后回家必喝两三盏，与朋友聚会必举杯尽欢。但他决不酗酒，喝得有滋有味，喝得情趣盎然。他的这一良好习惯，深深地感染了我。"读着读着，我仿佛闻到了一股酒香飘来，读着读着，我也好想找杯酒喝。最好是一边喝着，一边读着，一定能有更好的感触。

好看的书有好看的道理。结构的用心谋划，科学实用。从酒典、酒仪，到酒器、酒具，从宴乐、酒令，到酒俗、酒品。书中的标题也精致，很抓人眼球。"酿酒谁为先""醉与不醉之间""酒不醉女人""花间一壶酒""诗酒风流""交杯酒"等，看得出作者的良苦用心，看得出作者丰厚的文化底蕴。

聂鑫森是个很有名气的作家，也是个各种体裁都能写的全才作家。他是中国作协会员、湖南省作家协会副主席、株洲市文联副主席。出版过长篇小说、中短篇小说集、诗集、文化专著等50多部，新中国成立的前一年，生于湖南湘潭。初中毕业后，在株洲市木材公司当过工人。改革开放以后，调《株洲日报》副刊部工作。1984年3月至1988年7月，先后在鲁迅文学院和北京大学作家班学习，后仍回《株洲日报》工作。著有长篇小说《夫人党》《浪漫人生》，中短篇小说集《太平洋乐队的最后一次演奏》、《爱的和弦与变奏》、《镖头杨三》（英文版）、《诱惑》、《都市江湖》、《生死一局》，诗歌集《地面与地底的开拓》《他们脖子上挂着钥匙》，散文随笔集《旅游最佳选择》，以及《红楼梦性爱揭秘》《陈姓》《罗姓》等文化专著共25部。曾荣获"庄重文文学奖""湖南文学奖"等，其中获奖作品的体裁有小说、诗歌和散文等多种。

后来，聂鑫森多次应邀来东北，也多次喝到了北大荒酒。当他们本地的作家刘云波从东北访友回去，给他带回一箱北大荒酒送给他时，他又口占七绝《谢云波小友赠北大荒酒》："知我钟情'北大荒'，叩门携得酒盈箱。如钩凉月窗边语：欲与诸君醉一场。"

聂鑫森喜欢我们北大荒酒，我更喜欢他赠送给我的这本《杯光酒韵》。

饮酒是轻松的、愉快的，我读这本书的时候，也有这样的感觉。

直面命运的诗人

从亚布力参加五花山笔会归来，很快就接到吉林省的文友张洪波寄来的几本大作，有宗仁发选编、北方文艺出版社出版的诗集《沙子的声音》，也有时代文艺出版社出版的诗集《多云》，还有花城出版社出版的装帧精致的散文集《杂记》。

可我觉得最珍贵的，也最能证明我俩友谊历史之久远的是当年他寄来的诗集《独旅》。这是百花文艺出版社1989年1月出版，张洪波7月12日寄赠的。和他这本诗集一起入选"诗友丛书"第二辑的，还有李松涛的《女性翅膀的浪漫》和王新弟《燃烧的雪》等8个人的诗集，定价每本才一元六角。这本诗集当年还获得了河北省政府奖——河北文艺振兴奖。

当时，我在《九三报》编副刊，张洪波在《华北石油报》编副刊。两家企业报都在当时的《中国新闻年鉴》上有词条，都有统一刊号。我们两家报社的关系也和全国其他企业报一样，互相赠阅报纸。张洪波的作品产量比较高，有时还给我们报社投稿，我们彼此之间有了一些来往。

后来，我逐渐对张洪波有了些了解，我俩是同一个年龄段的，成长、创作的经历也有点像。都是出生于20世纪50年代中期，"文革"后期他下乡、我回乡。20世纪70年代末发表作品，他当过知青、民办老师、牧场工人、银行职员，后来调到华北石油管理局工作。我们都没有上过正式的大学，属于走自学成才之路者。后来我才发现，他的阅历比我丰富，创作成绩也比我大。迄今已发表诗歌作品4000余首，作品被收入百余种选集，有的作品还被译成英、法、朝等文字。此外，还发表文论、童话、散文随笔、相声、歌词、书法等作品。著有诗集、散文随笔集、童话集、书法集等几十部。

这本《独旅》是张洪波最早赠给我的书，也是我收藏的200多本作家签名赠书中最早的几本之一。那一年我得到的赠书中，还有北大荒老作家平青、丁继松、郭力等人的散文集。

在亚布力采风的这两天，我和洪波仿佛有说不完的话。他的话语中，透露出睿智和老练，也透露出独到和深刻，后来谈到我们共同尊重的老师牛汉。牛汉老师对洪波是偏爱的，从他老人家为洪波两本书写的序言中，就不难看出。

牛汉先生在为洪波这本《独旅》撰写的序言中，对洪波本人和他的作品给予了很高的评价："洪波同志近作审美意向的变化与他生命价值的切实的体验是一致的。从《独旅》中大部分诗的内涵和显示出的新的艺术气韵，可以看出，他作为一个赤诚的诗人，没有回避现实人生和命运加予他的难题，其中有寂寞，有哀伤，有悲愤，也有梦想，因为不论是人生的体验，还是诗的审美追求，都得到了生根的深化。"

在和洪波短暂的接触中，在我们一起观看笔会上一些书法家挥毫泼墨的过程中，我得知他是个全才，书法写得也不错。那天，我接到他给我寄来的书时，看到就连包裹上写的地址笔法也是那么优美、俊秀，我真想收藏起来，闲暇时也练一练。

分手后，我们通过微信沟通，很是方便。我说到他的书法很厉害，他的回复是："写诗40年，无像样作品，充其量三流草莽诗人，愧对诗歌。书法近些年来喜爱，临了一些帖，还属于执迷阶段。对文坛一些人不临帖到处写字忽悠比较反感，所以就亲自写了。现在岁数大了，一切都是玩了。有暇来长春做客！"我一定去，长春距哈尔滨又那么近。

我们分手前，洪波说他还有一本诗集即将面世，我等着他的大作，一定是签上他大名的、散发着墨香的诗集。

生活中的"周秉昆"

春节期间，我开始追电视剧《人世间》，58集从头至尾没落。这和作者梁晓声是当年下乡在北大荒的知青有关，也和该剧反映的生活都是我亲历的有关，更和剧中男主角周秉昆的人物原型、我们的四哥梁晓文有关。

梁晓文，是电视剧《人世间》原著作者梁晓声的四弟。我和他相识不超过20年，之前也多次听文友刘宏说起过他。1953年，梁晓文生于哈尔滨，"文革"期间，二哥绍声（梁晓声）去兵团，三哥绍连下乡，老父亲在"大三线"工作，四哥遂留城，先是在木材厂，后到酱油厂做工，平常帮母亲操持家务，看护有病的大哥，历尽艰辛。梁晓文也写了一些作品，因为梁晓声曾下乡在北大荒的关系，他也想参加我们的一些活动，于是加入了北大荒作家协会，后来，小说集出版后，他还加入了省作家协会。

我还清楚地记得，有一天梁晓文来到北大荒博物馆我的办公室，给我送来了他的新书《暖冬，第一场大雪》。著名作家阿成给他撰写了序言。梁晓文家离我们单位比较远，每次他来我们都留他小酌一次。他夫人每周要做三次透析，我觉得他出来一次也不容易。他也多次请二哥给北大荒作者的书写序言，酒后他也提过几次，说我再出书他请二哥给我写序。因为我知道梁晓声的颈椎病挺重，每天工作很忙，我也不忍心打扰他。

刘宏和梁晓文认识比我早，在一起喝小酒的时候也多。梁晓文是性情中人，酒量不大，属于喜欢喝酒的那种。有一次他和刘宏从中午喝到天黑。因为都没少喝，两个人找了个旅店，各自躺在床上继续谈文论武，唠着唠着，见天已晚，他们俩人又来到街上，走进一家小酒馆喝了起来。再后来，梁晓文踉跄着打车回家了，刘宏晃晃荡荡回了杂志社，开宾馆的事早忘到九霄云外去了。有时候喝完酒天太晚了，他就住在刘宏家了。

和梁晓文喝酒热闹，每当喝到微醺的时候，他愿意搂别人的脖子，有时候搂得很卖力气，让人有点喘不过气。每当我们到了饭店入座的时候，我先和他声明不挨着他坐，他也知道因为啥。他笑着和我说："今天我不搂你了。"说完我们又坐在一起了。酒劲儿上来了，他还是照搂不误，感觉很亲密，因为我们都习惯叫他四哥。每次酒桌上说得最多的就是他家过去的故事。

梁晓文小时候家境贫寒。他清楚地记得：1962 年春，外面刮着七八级的大风，他兄妹三人正趴在炕头的箱子上写字、做作业。只听一声巨响，房梁断了，正砸在他与三哥之间空当的箱子上，原来房顶的烟囱被风刮倒了。

第二天，大哥和二哥喊来帮忙的同学都来了，有十几个。再加上邻居的叔叔、大爷、哥哥们，大家一起动手，上房的上房，拉土的拉土，不到一天的工夫，就把房子修好了。

一天夜里，一场瓢泼大雨从天而降。雨水顺着几米高的残土坡冲泻而来，片刻间，梁家一片汪洋……晓文的母亲和大哥二哥去找动迁办的人，可半夜三更上哪去找呢！母亲只好敲开邻居家的门，全家人在那熬到天亮……那天，直到母亲领着晓文、抱着妹妹找到当时的市人委信访办，动迁办才派来几个人用抽水机把屋子里的水抽干……

那一年的第一场大雪过后，他们全家坐在一辆马车上，连同那些破烂的家当，离开了生活了二十多年的安平街 43 号大杂院，来到了光仁街大杂院，重新开始了他们家的平民生活……

梁晓声下乡临行前，苦笑着对晓文说："我不会去很久，说不定很快就会回来。"晓文听了半信半疑。

后来，梁晓声的话竟应验了。先是他的小说《边疆的主人》出版了，接着他又写了几篇儿童文学，不久他真的被抽调到黑龙江人民出版社做临时创作工作。在他完成创作任务返回北大荒时，改变他一生命运的机遇悄悄地向他招手了。他被推荐到上海复旦大学文学创作专业学习，当了一名工农兵学员。

梁晓文每次与我们喝酒时，说得最多的就是二哥梁晓声。二哥在家是个大孝子，30 岁时从复旦大学毕业，选择了在北方工作，为的就是照顾家。他当时每月只有 49 元工资，寄给父母 20 元，剩下的钱也只够维持一个单身汉的最低生活水平。父母看着快 30 岁的儿子，再三写信叮嘱他以后少往家寄钱，为结婚积蓄点儿钱。但晓声每月照寄不误，尽管他工作已一年，却连一块手表也没有买。为了使母亲能生活得更方便些，他几番回哈尔滨，向出版社预支稿费，买下了妹妹楼下的一间住房让母亲居住。他还为老母亲买了轮椅、担架、氧气瓶，生怕母亲一旦犯病，不能及时去医院救治。母亲的房子布置好了，从弟弟家搬了过去，可是母亲却一病而去了。值得安慰的是，在老母亲弥留之际，梁晓声附耳对母亲说："妈，您老什么都别牵挂，一切有我呢……"

梁晓文和剧中的秉昆很像，朴实敦厚，善良谦虚。他喜好文学，很少主动和别人说他是梁晓声的弟弟，喝酒闲聊我们才知道他家的境况。2006年，他夫人突患尿毒症，二哥梁晓声火速从北京赶来。看到喉管被切开的弟媳、眼圈红肿的四弟，他神情凝重："绍文，有二哥在呢！"随即拿出一大笔稿费。两双手紧握在一起。自此，四嫂每周三次的透析，四哥接送守护，风雨不误。

2008年春天，梁晓文从北京带给我一本他二哥签名的书《政协委员》，这是一本2008年1月由河南文艺出版社出版的长篇小说。2009年国庆节后，我曾陪同梁晓声到北大荒博物馆参观过。

这些年来，我通过梁晓文了解到梁晓声的许多发奋学习和孝敬父母的故事，先后写成了《我读梁晓声》《梁晓声的"年轮"》等作品，先后选入《荒野灵音》《沃野星空》《我们的北大荒》《北大荒文物的诉说》等书。

生活中的梁晓文，像剧中的周秉昆一样，历尽了人生的艰辛。这些丰富的生活阅历，给他的文学创作提供了丰富的素材，为他的文学作品提供了足够的"养料"。阿成在为他写的序言《用真情创作的梁晓文》中这样写道："梁晓文的这两个中篇小说，我是一气读完的。我也对自己的这种阅读状态感到吃惊。我觉得梁晓文是一个很有前途的作家。当然，前景是要靠继续磨练打造的，灵魂是靠阅历升华的，姿态是靠境界来提高的。"

可惜他早早就离开了我们。梁晓文因病于2021年1月19日在哈尔滨去世，享年68岁。

感动包围着我

这是一面普通的墙，在这面普通的铜墙上，刻着一批普通人的名字。虽然他们不是什么伟人、名人，也不因为他们是哪一级的领导干部，然而，因为有了这些沉甸甸的名字，这面普通的铜墙变得不再普通了。这就是矗立在北大荒博物馆里的"故人墙"。

这是一面特殊的墙，因为在 100 块铜板组成的墙上，铭刻着 12429 位长眠在北大荒的先驱者的英名。

首先吸引我们的是"英灵永存"四个大字，在木雕的松枝映衬下，显得更加庄严肃穆。宝泉岭分局、宝泉岭农场……黑龙江垦区九个分局，105 个农牧场和 17 个总局直属单位，先驱者的英名，端庄地刻满了每一块铜板。他们是来自全国各地的复转军人、地方干部、城市知识青年、内地支边青年和大中专毕业生。

在这面墙的正中央，矗立着一尊由大理石雕刻的纪念碑，碑上铭刻着"北大荒不会忘记"几个大字。应该毫不夸张地说，这七个苍劲的大字，不仅深深地镌刻在了这座大理石的石碑上，更铭记在每一个北大荒人的心坎上。因为这一个个名字，不仅牵动着千百万北大荒人的家庭，更魂系着全国各地与他们有着血缘关系和亲情的千百万个家庭。

这是为一万多名北大荒先驱者树立的一座丰碑，这是北大荒的"人民英雄纪念碑"。

我清楚地记得，那是开馆后不久的一天早晨，有一对老夫妻相互搀扶着走进博物馆，他们没有按照展览顺序参观，而是直接来到了"北大荒的英雄群体"这一展厅。走上阶梯后，他们分开了，分别找到了刻着自己所在的那个农场人名的铜板下，然后，又分别找到了自己已经故去的老伴儿的名字，用那双暴满青筋的双手，轻轻擦拭着，老泪纵横。两人又相互搀扶着，轻轻地走到台阶上，慢慢地坐在那里，互相擦着眼泪，工作人员都不忍心去打扰他们。过了好长一会儿，他们才相互搀扶，慢慢地走出博物馆。后来听他们的儿女说，这两位老人，是专程从偏远的农场来看北大荒博物馆的，因为他们听说馆里有一面墙，上面刻着他们原来老伴儿的名字。这次来了，因为很激动，其他五个展厅也没有心思看了，只好留待下次了。可对于两个七八十岁的老人来讲，下次又在何时呢？

前几年夏季的一天，《黑龙江日报》驻农垦记者站的一位朋友请我陪同他从上海来的朋友用餐。这位上海来的朋友是专程来北大荒参观博物馆的，他端起酒杯后讲的一段话，令我非常感动："我非常感谢你们，非常感谢北大荒，因为我的两个妹妹都牺牲在这里，你们没有忘记她们，我上午在博物馆的'故人墙'上，看到了她们的名字，我真的很感谢你们……"

如果我没记错的话，他说的这对姐妹，应该是在北安分局一次荒火中牺牲的朱慧丽、朱慧娟。《北安农垦志》上曾经这样记载着："1976 年 3 月 13 日，格球山农场烧荒跑火，烧至尾山农场六队。六队下乡知识青年奋力扑救。上海女青年谭文芳、朱慧丽、朱慧娟、李桂芬、汪贵珠，哈尔滨女青年杨淑云、施宝慧在扑火中光荣牺牲。尾山农场隆重举行追悼大会，全国各地广泛宣传了她们的英雄事迹。7 月，省委、省政府在省展览馆召开命名大会，授予 7 名女青年'英雄战士'称号。省政府批准杨淑云为烈士。"从此，大家再也听不到她们的笑声了，她们的家里永远失去了自己的爱女。

前些年 8 月的一天，中央军委委员、时任解放军总政治部主任于永波同志在参观北大荒博物馆时，看到了一馆沙盘上的白桦林，这让他回想起 50 多年前，他率领部队在北大荒战斗的情景。"所有在北大荒建设中牺牲的人的名字，在这里都能找到。北大荒永远都不会忘记他们。只有铭记历史，才能深刻了解过去，全面把握现在，正确创造未来。我们不能忘记历史。"参观结束后，于永波怀着激动的心情，挥笔泼墨，写下了"弘扬老军垦精神，建设共和国粮仓"。

有一天，上海工商局考察团来参观北大荒博物馆。上海市工商局信息中心主任刘楷在第三展厅里又惊喜又感动，他说："太意外了！太意外了！没想到父亲去世十多年了，北大荒人还能记得他老人家。如果知道这些，他的在天之灵也一定会很欣慰。"

送书不能乱

近20年来，我陆续创作出版了十几本薄厚不一的书。每次出完书后，我自己都高兴一阵子，尤其是刚出的那几本，过后就一切正常了，该干啥干啥。每次我有新书出版后，都有人找到我要书，要我签上名字的书，当时的感觉挺好。我不敢说都是附庸风雅，但其中肯定有凑热闹的。可我这个人实在，人家张口要，我就认为是真心的喜欢，我就认真地写上自己的名字，有时还认真地盖上自己的赠书章。外地的朋友，我还得给打好包装寄去，真可谓用心良苦。我每次到外地出差，包括省内外，带的最多的，就是我出的书。

最初，我对送书还没有什么体会。那年，我陪同中国作家协会的一位工作人员到建三江创作基地采风。相处了好几天，我们之间已经很熟了。有一天他对我说了一句心里话："你以后可千万不要往我们中国作家协会寄书，我们每天都能接到一些，隔一段时间就得用麻袋往外清理一次，要不办公室里就书满为患了。"中国作协面对全国8000多名会员（当时有6000多名），每年还有1000多位申请入会的作家，如果每人每年都寄上一本书的话，那就够装备一个小型图书馆的了。况且，有些书实在没有意义和价值，不值得我们耽误工夫翻，更不值得收藏，简直就是文化垃圾，白瞎了那么好的纸张。

不像我们基层作家协会，每年能收到会员新出的几十本书，就了不得了。有的时候，我在书店里看到会员们出的新书，还自掏腰包买回一本呢。除了要掌握作者创作的情况，还要支持一下作者嘛。我们对作者的支持有多种多样的形式，买他的书是最好的支持。

有一次，我的一个文友说，某某不够意思，新出了书也不送他一本。我跟他说："既然书店里有卖的，我们就去买一本好了。如果想找他签名，你就带着书去找他，他看到你买他的书，他会更高兴的。"这些年，我在书店里真的买了一些文友们出的书，权当捧场。像贾宏图的纪实文学集《我们的故事》、刘岚的长篇小说《阶层战争》、田英民的长篇小说《火拼》，尽管我和他们都很熟，可他们出版的这几本书，我都是在书店里买到的。

对自己写的书，真的不能乱送。否则，既浪费了珍贵的资源，又枉费了心血，有时也会让人很尴尬。前几天，我去佳木斯参加一个活动。晚饭后，几个作者约我去一家茶楼喝茶。我们一边听着民乐队的曲子，一边品着龙井茶。茶几上，摆放着四本书。我拿起一本书翻了翻，是两个作者合写的，关于成功人生的，属于自费出版的那种。那个朋友说送我一本，是他写的书。我挺高兴，大概翻翻，准备带回来再看。

几个人连唠带喝，兴致勃勃，说一会儿还要出去吃烧烤，因为第二天我要起早，在我的一再要求下，他们同意品茶到此为止。那个做东的朋友把茶几上那三本书也递给了我。我说："我有一本就够了，我回去一定好好看看。"那位感到有点难为情了。他又说："你小孩多大了？给你孩子也带回去一本吧。"我说："我孩子快三十了，他在外地工作。"在另外一个朋友的劝阻下，他才收回了自己心爱的书。

我当时真的不理解了，你的书是太多了，还是真的不读就不行了呢？我不知道他印了多少，也不知道是谁给出的钱。反正书要送到喜欢读的人手里，一定不能乱送。

我曾经在一个人的旧书堆里，发现了两本我送的书。从那以后，我再也不给他送书了。可有些书、有些人必须得送。比如说我写北大荒历史、文化的，我写北大荒博物馆的就得送，尤其是总局领导们。你送给了这几个，其他几位知道了也不好。再说，我有时候真不差那么几本书。

如果你真的看到自己写的书在别人的旧书堆里，让人家拿着不当东西时，你心里就像看到自己的孩子，在别人家里受委屈一样。我觉得，书也是有生命的，但你一定要把它读懂。

进群需谨慎

我每天早上睁开眼睛，就去摸手机，看看朋友圈、微信群里有没有啥新动态。晚上躺在床上，把手机夹在手机架上，看一会儿小视频，才能入睡。

我用手机有 30 多年了，开通微信好像不超过 10 年。刚会用微信的时候，除了给工作带来方便，也给自己的业余生活增添了乐趣。随着时间的推移，我加的微信群越来越多，随之而来的麻烦也越来越多。开始，不知道能设"免打扰"功能的时候，半夜睡着了，手机还"滴儿、滴儿"不停地响，真的很扰民。

我的微信群大致有几种。一种是创办的工作群，由我担任群主的工作群有两个，一个是"北大荒作家群"，工作需要我们经常和会员们取得联系；另一个是"中国散文学会（黑龙江会员）群"，目前，我是黑龙江省唯一的中国散文学会理事。

我虽然退休了，可还兼任着作家协会主席。因为工作需要群，必须加入。文学创作是我几十年难以割舍的一种生活方式。文学创作需要的群也不能不加，如"东北作家群""中国散文学会会员群"《北方文学》群"中国传记文学学会群""黑龙江作家群"等。

物以类聚，人以群分。业余的社会活动，有时候也得参加。老同事群、老同学群、老同行群，也不好意思退出。更可恨的是，有时不知不觉就被人家拉进一个莫名其妙的群，甚至还被拉进某个饭店建立的客户群。我第一次感觉到了群多得犹如一种灾难、一种难以克服的顽疾。

我几年前就意识到群多的危害，下决心不轻易加群，已经加的群也要进行一下筛选。闲暇时我陆续退出了十多个群，许多都是当初朋友拉进来的，怕伤了朋友面子，也想进群考察几天，最后毫无意义的群坚决退出。退出前，先和当时拉进群的朋友解释一番，求得理解。有时，遇到朋友拉我进群前，我把话说到前面，"我每天很忙，进群后考察 3 天，如果有必要，我就待在群里。否则，我就退出，请理解"。

起初看到有个朋友在名字后注明"不加群"，我还有点不理解，觉得做得有些不近人情，在微信群泛滥的今天，我终于理解了。

我们面对每天仍在扩张的微信群，就要积极面对，正确把握"需要加就加，该退就退"的原则，不能死要面子活受罪。

建群需谨慎，群主当负责。自己建的群就当好群主，督促大家严格遵守群规，有好的信息和资源，就发到群里，与大家共享。要努力办成一个高质量的微信群，不给社会添乱，不给网监找麻烦。有的人建完群就不管了，扔在那里，像一个"烂尾楼"。

加群得三思，免得干扰多。不管在工作群还是生活群，都要当一个守法的人，遵守群规，多发积极向上的帖子，不发乱七八糟的东西。每天少看一个小时的手机，多读一个小时的书。早日从"手机依赖症"中走出来，值得我们每天关注的东西还有很多。

读书伴随我一生

回首我走过的 60 多年，多数时间都是在与书打交道，具体说来，就是在读书、写书中度过的。

读书，最初是为了完成学业，说白了就是为了生存，为了提高自己的修养和本事；写作，最初就是一种业余爱好，后来，写作又变成了一种责任、一种生活方式。

通过读书，我在字里行间找到了无限的乐趣，我在阅读中快乐地成长。在知识的海洋里尽情遨游的时候，我如同与高尚的人畅快地对话。通过读书，我从一个懵懂的农场孩童，成为一个文博战线的"专家"，从一个连封家信都写不好的高中毕业生，成为今天活跃在北大荒文坛的作家。

我尝到了读书的甜头，也感受到了读书给我带来的收获。不读书就没有我的今天。不读书，我也不会领略到书中的无限风光。

我读的书比较杂，涉及面较宽，大体上还是属于中文版的社科类，以文史为主。最初，喜欢读诗集，后来读散文集、名人传记，名家写的长篇小说、朋友的短篇小说，我也读一些。闲暇时也读点杂书，如《食物革命》《水是最好的药》《中医家庭顾问》等。我也喜欢读一些与我们日常生活有关的书，如《中国人最爱喝的 100 种茶》《散步是最好的药》《葡萄酒一本通》等。

当然，我读书也有死角和盲区。外国文学、古典名著我读得少。原因是还没有读进去，文学底子薄，平时时间紧，觉得作品内容有些枯燥，没能激发起我读下去的欲望。因为我读书的"偏食"，造成我有点文学知识"营养不良"，我的许多作品缺少古典文学和外国文学精华的滋养，有的作品"骨骼"还不够健壮。

为了鞭策自己勤奋读书，我在 38 年前就把自己的书房命名为"勤奋斋"。为此，我还写过一篇名为《我的勤奋斋》的散文，发表在《人民日报·海外版》。

发现有读书的活动，我都积极踊跃报名参加。1989 年 11 月，我因读书后创作成绩突出，被黑龙江省农垦工会授予"自学成才标兵"称号。1996 年 12 月，被黑龙江省职工自学成才奖评审委员会授予全省自学成才奖。2007 年 5 月，我写的书评《一部与读者亲切交流的好书——读王蒙〈我的人生哲学〉》，荣获由中宣部、中国作家协会等主办的全国"我最喜爱的一本书"征文二等奖，发表在《文艺报》。2009 年 12 月，这篇文章还荣获《黑龙江日报》《文化视点》"读一本好书"征文一等奖。2004 年 3 月，散文作品《世界优秀农民胡国华》荣获中宣部、文化部、团中央等举办的"弘扬民族精神、建设小康农村"全国农民读书征文活动三等奖。

读书时间长了，就有了写书的愿望。于是，我就开始了在阅读中进行创作、在创作中带着问题阅读。从 1991 年在百花文艺出版社出版第一本散文集《珍藏的记忆》至今，30 年来我创作出版了 20 多本书。无论我的工作岗位发生什么变化，我都没有放下手中的笔。这些年，我在饱尝创作过程艰辛的同时，也体会到了作品出版后的极致愉悦。我们最好的"老师"，就是各种各样的书籍。最佳的学习途径，就是不停地阅读。

我写的书大体上分三类：第一类是散文集，如《荒原随笔》《我们的北大荒》《赵国春散文新作》等 10 本；第二类是传记文学和纪实文学集，如《荒野灵音》《风雪人间北大荒》《沃野星空》《北大荒文物的诉说》等 7 本；第三类是专著和综合作品集，如《北大荒文艺史略》、《赵国春文集》（4 卷）等 5 本。所有作品的创作和编撰，几乎没有离开对北大荒历史和文化资源的挖掘与利用，同时也如《黑龙江日报》记者评价的那样，起到了"用文学作品扬北大荒精神的旗帜"的作用，成为北大荒历史和文化的守望者、传承人。

现在，因为书太多而惆怅没有时间读，只能有选择地读、带着问题读。不管未来的路还能走多远，我都不会改变我读书、写书的生活。如果有写不动的那一天，我也还会量力而行地读书。直到读不动的那一天，我也不会后悔，因为我在人生最好的时光里，读过、写过、努力过、奋斗过，没有荒废和虚度，这就是我一生无悔的追求。

第五辑

文艺史话

重读退稿信

疫情期间待在家里，闲暇时间翻出一沓保存了40多年的退稿信。

本来是怀着一份休闲的心情，以旁观者的目光，有点像一个考古工作者，仿佛在小心翼翼地鉴定着一件件近现代文物。但随着我对一封封退稿信内容阅读的深入，我放松的心态也随之紧张起来了。

比如这封1978年7月7日《屯垦戍边报》北大荒副刊的编辑用毛笔写的来信：

国春同志：

来稿已读，谢谢你对本刊的支持。

这些诗稿，普遍存在构思欠新、语言欠精、形象欠鲜明的毛病。望继续努力。

现在，我无论如何也记不起来当时读完这封信的感受。我当时看完信，一定是一头雾水。今天再读，虽然事情过去42年了，可就像在昨天。读信的时候，我总感觉这个编辑就坐在我的对面。从回信可以推断，是那年的3月23日，《屯垦戍边报》北大荒副刊发表了我的一首小诗《粮山要比群山多》后，激发了我的创作热情，我当时给编辑一次寄去好几首诗，诗写得一定很烂。热心的编辑老师不忍心给我泼冷水，真的难为他了。根据我编撰的《北大荒文艺史略》一书内容推断，当时给我回信的副刊编辑可能是从部队转业到北大荒的林哨老师，原名林绍杰。他也是一个散文作家，他的散文笔触细腻、婉转。他在北大荒期间写了许多反映北大荒的散文，1981年回原籍福建，曾任《福州晚报》副刊编辑。

翻到第二封信，是一张在落款处印有绿色"北大荒文艺社"32开的便笺纸的回信。

赵国春同志：

你好！

散文《榆颂》已拜读。

整篇语言通晓、流畅，立意尚可。

但缺少生动的细节，读完后觉得平淡。另外，这种题材如果不选择一个新的角度，不免有一种陈旧感。

故原稿奉还。

常联系！

北大荒文艺社散文组

1980 年 6 月 26 日

我今天读着这封信，感觉脸上还有点发烧。寥寥几十字，把我作品的毛病说得一清二楚。虽然编辑老师写得很委婉，可我还是读懂了作品存在的问题。

我脸上有点发烧的原因，不是当年散文存在多少问题，而是几十年后我的散文，包括已经发表或出版的作品，是否还不同程度地存在着类似问题，是否有的作品还能更好地打磨打磨。"自古文章千古事"，不要因为自己的惰性，让发表的作品成为以后的遗憾。

我真佩服当时的编辑老师，既有老中医一样的慧眼，又能让年轻的作者欣然接受批评。

第三封信是《散文选刊》"散文之友"函授中心辅导老师写的。

赵国春同志：

你好！

寄来的作品读过了。你的文字很顺畅，只是作品内容太单薄了，使作品显得一般化了。散文要写得有情有致，除了文字表达外，还得有扎实的内容，而且要善于放得开、收得拢，把叙事、抒情、议论有机地结合起来，否则是很难感染读者的。

这些供你参考，祝你早日写出好的散文来。

致礼

辅导员：015 号

1993 年 9 月 8 日

看得出编辑老师的良苦用心，既提出了作品存在的问题，还能不伤害一个业余作者的创作热情。

此时，我也想到当年在《九三报》当"沃土"副刊编辑的情景。一个企业周报，每周一个副刊版，当时全国几乎各省、市、自治区都有作者投稿。外省的来稿质量较高，我一般不给回信。对垦区内的尤其是九三管理局作者的稿子，我经常给写退稿信，因为副刊编辑还担负着培养作者的任务，有的作者来稿时就附上一封写给编辑老师的信，非常诚恳地希望编辑能给回信，有时还要接待来送稿子的作者。和作者谈稿子，就是我要攻克的一门学问。说深了，作者的创作热情受到了伤害；谈浅了，作者不领会你的意思。有时面对一个业余爱好者的稿件，我也感到很为难。因为我也是一个作者，我更能体会一个作者当时需要听的是什么。有时一句鼓励的话，会让他一辈子在创作这条路上走下去；而一句伤害的话，有可能会让他从此告别文学创作之路。

联想起编书编刊物的这些年，我也经常帮助作者看作品，有些作品写得确实差一些，可我们和作者谈的时候又不能把实话都端出来，真怕作者承受不了。

后来，我每次收到编辑的退稿信，都认真看着稿件不被采用的原因。隔几年，有时我还会翻出来再看。一封好的退稿信，它产生的效果有时比稿件见报的效果还显著。首先，它能指导作者更好地去写稿。一封好的退稿信，编辑会告知作者稿件中存在的问题和不能被刊用的原因，产生"听君一席话，胜读十年书"的效果，使作者在写作道路上少走弯路，最起码不会浪费时间。

其次，能鼓励作者以更大的热情投入文学创作中去。尤其对刚从事文学创作，且多次失败的同志来说，更为重要。万事开头难，一封热情洋溢的退稿信会使作者重展笑颜，从而对写作充满信心。

另外，它能沟通作者与编辑之间的感情。本来作者与编辑之间是一种互补的关系，但事实却并非如此。也许一些编辑体会不到，对于作者来说，他们总感到和编辑之间有一条不可逾越的鸿沟。如果有一封好的退稿信，势必会化解作者的猜疑和烦恼，使作者有一种被尊重的感觉，从而在编者与作者之间架起一座友谊的桥梁。

当年投稿时，末尾习惯注明这样一句："稿件如不宜刊用，恳请编辑老师回信指教。"不光是虚心客套，也真是希望能接到一封有针对性的退稿信。

在 20 世纪七八十年代，对于一个普通的业余作者来说，收到报刊社或出版社的退稿信，是一件很平常的事。

现在很少见到退稿信了。编辑部有个约定俗成的规矩，稿件发出 2~3 个月未接到回音者，视为稿件未被采用，作者可以另投他处。

现在你即使接到回信了，也是通过电子邮箱。因为现在的稿件电子版本身不用退。过去的一份手抄稿，作者付出的劳动强度很大。现在有的编辑部编辑在邮箱设置了自动回复，虽然只是几句话，但也告诉我们稿件已经到了编辑手里，从而减轻了编辑的工作量。

其实写退稿信是我国新闻出版行业的优良传统。杰出的新闻工作者邹韬奋先生对回复来稿、来信尤为重视，在报社工作极为紧张的情况下，还能做到每稿必复。然而今天我们的一些编辑却淡化了这种意识，我认为，退稿固然应该，写好退稿信更重要。

在此，我要感谢当年那些给我写过退稿信的老师，尤其是我至今还不知道姓名的老师，是你们当年的悉心呵护，才让我及像我一样的一批业余作者走过了艰难的创作路程，成为今天的写作者。

在网络信息如此发达、沟通手段如此繁多的今天，我们作者更需要带有温度的退稿信，当然不用展开信笺、挥毫泼墨那么庄重，通过微信发来几个字，都是莫大的鼓舞。

我和北大荒版画

北大荒版画作为一种艺术流派，走过了 60 年的艰辛历程。我作为一个北大荒的第二代，在见证北大荒版画 40 年来取得成就的同时，也为繁荣北大荒版画做出过一定的贡献。

我最早接触北大荒版画，是在 40 年前的一天。我到九三管理局党委宣传部张福宽的家请教新闻写作，看到他家挂着一幅呈现丰收景象的版画。我查阅了资料后，才知道那是廖有凯 1972 年创作的套色木刻版画《丰收曲》。

这幅版画的优美意境，给我留下了深刻的印象。无边无际的黄色麦浪，如金色的绸缎层层铺卷开，随风涌动。远处的收割机和若隐若现的红旗，展露着这又是一个丰收的季节。画面的左下方，是农工赶着一挂马车扬鞭而行，鞭梢舞动。画面活泼有趣，就像我在农场见过的某种场景，很有生活气息。

我真正为北大荒的版画群体做具体工作，是在 1985 年的春天。从鸡西市下乡来九三的知青于承佑的版画作品《小屯之夜》在第六届全国美展中荣获银奖，我作为他的朋友和业余记者，这样的大事怎能不报道？于是，我把这篇报道分别发给了许多报刊，如新疆《石河子报》、广东《通什农垦报》、《广西农垦报》，省广播电台、省电视台、《黑龙江工人报》、《鸡西日报》、《农垦报》等。《农垦报》还在 1985 年 3 月 19 日三版头题，发表了我和沈重光写的通讯《美的追求》。《黑河日报》发表这篇通讯的时候，还配发了于承佑的这幅获奖作品。他从鸡西调回省版画院后，我们也保持着多年的友谊。现在的于承佑有了名气和地位，成了版画界的"大腕"了，可每当说起当年对他的报道，他还是深表感谢的，从他赠送给我的作品中就不难看出。

1991 年 3 月，我从九三管理局党委宣传部调到了总局党委宣传部，开始了我为繁荣北大荒版画服务的职业生涯。

2000 年初，北方文艺出版社出版了我撰写的第一本传记文学作品集《荒原灵音》。书中收入的我写的 93 位北大荒名人中，有晁楣、郝伯义和周胜华 3

位版画家。撰写《从荒原踏出〈第一道脚印〉的版画家晁楣》时，晁老师特意去照相馆扩印了一张他1958年4月在八五三农场参加选种劳动时的照片。他刚来北大荒时，本来可以留到农垦局政治部报社当美编，可他却坚持到基层体验生活。他曾在日记中写道："如果我学不会在大海里游泳，那就葬身在大海底层吧，葬身鱼腹只能怪自己无能，我是决无反悔的。"晁楣先生后来成为北大荒版画学派的开创者和卓越代表之一，是中国当代版画艺术领域重要的代表性人物。我的这篇作品先后被选入他的《晁楣艺术》一书、收入《沃野星空——赵国春传记文学作品选》、被总局党委宣传部选入《那些拓荒者的故事》。

我在写《用刀笔耕耘的版画家郝伯义》那篇时，郝老师除了给我提供一些素材外，还给我找出了一张他1981年在北大荒美创室印画的黑白照片。郝老师在培养知青版画家方面做出了突出的贡献，在大批知青返城后，他又把培养新人的目标投向了本地青年作者。北大荒版画创作队伍虽几起几落，但还能保持有一批优秀的作者坚守在北大荒这片沃土。2000年我们从佳木斯搬到哈尔滨后，郝老师送给我一幅他1992年创作的版画《春晖》，这幅画至今还挂在我家客厅。2011年5月，总局在北大荒文联第四届代表大会上，授予郑加真等9位老作家、艺术家"北大荒文学艺术创作终身成就奖"，其中就有郝伯义。总局党委宣传部决定把他们的事迹采写后编一本书，我主动承担了采写郝伯义的任务。经过一个月的努力，最后我写出了1万字的《用刀笔在北大荒耕耘——记北大荒版画家郝伯义》，被收入《耕耘者——北大荒文学艺术创作终身成就奖人物纪实》一书中。

写《从小兴安岭走出的知青版画家周胜华》时，我和周胜华还不熟悉，他当时已经在省版画院当副院长了，他在寄素材时也寄来了这张他在一师独立二营（黑河马场）骑马的照片。晁楣老师对他当时的评价是"他谦虚而谨慎，刻苦而勤奋，他正在一步一个脚印，踏踏实实地在通向艺术圣殿的道路上思考、探索、前进，他必将不负众望，胜利到达新的、更加完美的艺术境界"。2000年9月的一天早上，我和北大荒文联主席王广贺一起参加了周胜华的葬礼，为这位英年早逝的版画家惋惜，为这位才华出众的北大荒知青战友痛心。我写的以上三篇作品，都被收入了《赵国春文集》（2017年9月黑龙江人民出版社出版）。

2007 年 8 月，总局为了纪念北大荒开发建设 60 周年，由黑龙江人民出版社出版了一套《北大荒全书》（10 卷），除了工业、农业、军事、社会事业等卷外，还包括由我主编的文学艺术卷。我当时在北大荒博物馆当馆长，每天除了馆里的工作，还有很多事情要忙。为了如期完成任务，我聘请了郭亚楠执笔，用了一年的时间，完成了这部长达 68 万字的《北大荒全书·文学艺术卷》。该书共分文学、美术书法、戏剧曲艺、摄影、音乐舞蹈、电影电视六编。美术部分共分三章，我们用了一章的篇幅记录了版画艺术。这一章里共分"初创时期的北大荒版画""20 世纪 70—80 年代的北大荒版画""新时期的北大荒版画""北大荒版画的形成及艺术特色""北大荒少儿版画"五节。当然，我们也是根据当时北大荒版画院院长张洪驯提供的初稿编辑的。在编辑这部分时，我进一步了解了北大荒版画诞生初期的艰难。从晁楣的第一幅版画《荒原春夜》，到《北大荒画报》的创刊，从创作群体的形成，到首次进京展览、走出国门，都做了翔实的记载。

我到北大荒博物馆工作后，和版画家们接触的机会多了，为北大荒版画事业服务的机会也多了。早在 2005 年博物馆布展时，我就在第四展厅设了专版展示北大荒版画不同时期的作品，从晁楣的《第一道脚印》，到郝伯义的《惊扰》、杨凯生的《层林尽染》、李亿平的《秋野》；从袁耕的《激战前夜》，到张朝阳的《晨妆》、廖有凯与赵雁朝的《节日之夜》、张喜良的《渔火》、于承佑的《小屯之夜》、张洪驯的《金风拂地》、刘荣彦的《闹春潮》、邵明江的《远天》、刘宝的《霜香》、张泽新的《霜晨》、陈龙的《遗落荒原上的魂》。其中，晁楣的《第一道脚印》，在 2014 年全国第一次可移动文物普查中，被省专家组鉴定为国家三级文物。

2007 年，为了纪念北大荒开发建设 60 周年，北大荒版画院院长张洪驯利用近两年的时间创作了 60 米版画长卷《北大荒颂》，捐给博物馆后，我们制作了 18 米长的展示专柜将其长期陈列。开馆十几年来，我在编辑的所有北大荒博物馆有关书籍中，都大篇幅地介绍了北大荒版画。从《永远的记忆》到《走进北大荒博物馆》《我们的北大荒》，都收入了《晁楣的版画〈第一道脚印〉》；《北大荒博物馆图典》把馆里展示的北大荒版画内容都收入其中；《北大荒博物馆》

一书中，专门设了"版画艺术之乡"一节；《记忆与守望》一书中，也收入了多篇介绍北大荒版画的作品。

我当选北大荒作家协会主席后，和北大荒美协的张洪驯，还有后来的张泽新接触更多了。我在编辑《北大荒作家》的时候，每次找张泽新要封面，他都推荐新人作品。从 12 期到 20 期，我们先后用了郝伯义、张泽新、张喜良、杨渝光、刘长宏、朱金峰、张朝阳的 9 幅版画作品。为刊物增色的同时，我也为宣传北大荒版画贡献出了微薄之力。

我为北大荒有这样一张艺术名片感到骄傲，也为版画人才的流失感到担忧。真心祝愿北大荒版画像北大荒精神一样，深深扎根荒原，与江河日月同在。

一首难忘的歌

20多年前，我们北大荒文联一行去新疆生产建设兵团考察。在兵团文联举办的联欢晚会上，主持人为我们报了节目，他点名让我和考察团的一个女同志一起，唱一个"北大荒啊，真荒凉，又有兔子又有狼，就是缺少大姑娘……"这是很久以前在北大荒流传的一首民谣，好像是电影《老兵新传》中的插曲。

尽管这位主持人没有什么恶意，但我还是觉得自尊心受到了伤害——他可能看过《老兵新传》，但对北大荒的印象还停留在20世纪50年代初期。

于是，我立刻予以纠正："我们唱一首《北大荒人的歌》。"

"第一眼看到了你，爱的热流就涌出心底。站在莽原上呼喊，北大荒啊我爱你……"

虽然参加晚会的人不多，但我俩却是非常投入地唱完了这首歌。我觉得，这是代表全体北大荒人唱这首歌。

大家报以热烈的掌声。"没想到，北大荒有这么动人的歌！""歌词生动，旋律优美，太好听了！"

珠联璧合的一曲颂歌

说实在话，那时我的唱歌水平很一般，但打那以后，我一有机会就反复练习唱这首歌。不仅是因为工作的需要，更是因为我从内心非常喜欢这首歌。后来，因为工作关系，我陆续接触到这首歌的词曲作者，对这首歌的词曲内涵理解得就更深入了。

词作者王德是老一辈北大荒人。他1937年生于河北省乐亭县，1954年转业来到北大荒。他与我父亲是同一个部队——农建二师的，对北大荒这块土地有着非常特殊的感情。1955年末，王德被调入哈尔滨歌舞团，此后历任哈尔滨市文联副主席、哈尔滨市音乐家协会主席、黑龙江省音乐文学学会副会长、中国音乐家协会会员、中国音乐文学学会理事。

曲作者刘锡津是国家一级作曲家。他 1948 年出生于哈尔滨市，和我们北大荒有着千丝万缕的联系——他的弟弟妹妹都在垦区下过乡，对北大荒既有特殊的感情，也有着深刻的理解。20 世纪 80 年代中期，刘锡津是黑龙江省歌舞剧院院长，后来担任黑龙江省文化厅副厅长、黑龙江省音乐家协会主席，再后来到中央歌剧院作院长。他是中国音乐家协会理事、中国民族管弦乐学会会长、中国文联德艺双馨艺术家。

这两位词曲作者在全国音乐界都有很高的声誉，他俩共同创作的《我爱你塞北的雪》在中国可谓家喻户晓。他们再度合作的《北大荒人的歌》堪称珠联璧合之作。

在王德的歌词创作中，《北大荒人的歌》别具一格。这首歌词主要是写北大荒人的情感，歌颂几代北大荒人艰苦创业、无私奉献的精神。新中国成立后，为了开发建设北大荒，14 万复转官兵，54 万城市知青，共同为这片黑土地流过汗、洒过血，有很多人是"献了青春献终身，献了终身献子孙"。他们对这块土地有着深厚的感情，"站在莽原上呼喊：北大荒啊，我爱你！"这是一句从几百万人心灵深处迸发出来的共同的声音，激起人们强烈共鸣的，还在下面这些词句："几十年风风雨雨，我们同甘共苦在一起，一起分享春光的爱抚，一起经受风雨的洗礼。你为我的命运焦虑，我为你的收获欢喜。啊，北大荒我的北大荒，我把一切都献给了你。你的果实里有我的生命。你的江河里有我的血液。即使明朝我逝去，也要长眠在你的怀抱里。"

这首词经过刘锡津精心谱曲之后，犹如一只张开翅膀的云雀，跨越千山万水，扑进人们心田里。在垦区各地，每有集会唱起这支歌时，人们无不为之动容。

垦区资深音乐家顾震夷 1991 年 6 月在《词刊》发表了《有感〈北大荒人的歌〉》的评论文章，认为这首歌写出了生活的真实和历史的悲壮，因此拨动了千万北大荒人的心弦。1994 年，顾震夷又在黑龙江省文联组织的刘锡津作品研讨会上宣读了一篇题为《他写出了历史的悲壮》的论文，准确地道出了这首歌的魅力所在。

黑龙江省著名作曲家胡小石曾经在《捕捉音乐之魂》一文中这样写道："就说他（指刘锡津）那首被北大荒人称为'垦歌'的《北大荒人的歌》吧，它感情深沉，大气凛然却又委婉舒展，令人荡气回肠、怦然心动。一种对北大荒，对故土故人的眷恋和热爱之情，似潮水般在胸中涌动，难以遏制。"

五湖四海的情感共鸣

1996 年 8 月的一天，由北京返城知青组成的北大荒合唱团一百多人到了北大荒，在红兴隆、宝泉岭、佳木斯、哈尔滨进行了多场慰问演出，场场爆满。每次演唱这首《北大荒人的歌》时，演员们都是含着眼泪，指挥也是含着眼泪，观众更是含着眼泪。

1998 年，垦区举办知识青年上山下乡 30 周年纪念会，凡到过北大荒的知青，在许多场合都会情不自禁地唱起这首歌。在哈尔滨青年宫的一次知青集会上，当演员演唱这支歌时，台上台下数千人涕泪横流。那感人至深的场面，实属罕见。

2000 年 8 月 22 日，江泽民同志在三江平原腹地的佳木斯接见了三代北大荒人的代表。他说："1997 年，我给垦区题了词：发扬北大荒精神，继续开创农垦事业的新局面。我想，最主要是继续弘扬北大荒精神——这是垦区三代人共同创造的精神财富。"在这次会见后，江主席和在场的北大荒人一起，唱起了这首《北大荒人的歌》。

这首生动感人的歌曲，不仅唱响了大江南北，还唱出了国门，一直唱到了联合国大厦。

2007 年 12 月 4 日，北京北大荒合唱团访美慰问演出音乐会在美国纽约联合国大厦隆重举行。演出在一曲深情的《北大荒人的歌》中拉开帷幕。两小时演出完毕后，观众久久不愿离去。中国驻联合国代表王光亚和夫人丛军出席并观看了演出，对演出给予高度的评价。一些曾经在北大荒战斗生活过的外交官，拉着合唱团员的手激动地说："你们的精彩演出，令我们感到很自豪、骄傲；你们的艺术水准，代表祖国，也代表北大荒。你们一定要再来美国演出。"临别前，合唱团向在联合国工作的北大荒"荒友"赠送了《北大荒人的歌》光碟作为纪念。

2010 年 6 月，在上海世博会期间，一天，时任共青团黑龙江省委张书记陪同共青团广东省委书记谭君铁到北大荒博物馆参观。当他们听讲解员介绍

《北大荒人的歌》的相关情况时，张书记问讲解员会不会唱这首歌，新来的讲解员抱歉地说不会。张书记转过身来问我，我说会唱。于是，我给他们唱起了这首歌。尽管我的嗓音不洪亮，也不懂多少唱歌的技巧，但我是带着感情在用心唱。他们听了，连连称好。当时我不明白，他们为什么对这首歌那么感兴趣。

原来，2010年6月8日上午，上海世博会黑龙江活动周开幕式播放了殷秀梅演唱《北大荒人的歌》的视频，令数百名在场的老知青热泪盈眶。40多年过去了，当年的知青已不再年轻，但他们仍然深深地怀念那块神圣的土地，深深怀念那里的父老乡亲。

经久不衰的"垦区之歌"

《北大荒人的歌》创作于1987年秋天。当这首歌在中央电视台举办的第三届全国青年歌手大赛中脱颖而出后，很快就在广大音乐爱好者中流传开来，更深受北大荒人由衷的喜爱。而这首歌成为"垦区之歌"的过程，我是见证者之一。

1993年，当时在北大荒文工团担任总编导的音乐家顾震夷向总局党委递交了一份《关于推荐〈北大荒人的歌〉为"垦歌"的函》。

当时，我在总局党委宣传部文化科工作。总局党委领导签批了之后，这封信转到了我们宣传部。我还记得这封信的大概意思是：国歌和军歌最早都不是专门创作的，而是从群众中广为流传、深受群众欢迎的歌曲中选定的，总局党委应该把《北大荒人的歌》定为"垦歌"。针对这首歌不是队列歌曲，不适合于集体合唱，也不适合做"垦歌"的观点，他也提出了自己的见解。

总局党委最终采纳了顾震夷提出的建议。经总局党委同意，当年7月3日，总局党委宣传部等单位联合印发《关于广泛开展学唱垦歌活动的通知》，将《北大荒人的歌》定为黑龙江垦区的"垦歌"（准确讲，叫总局"局歌"）。同年，总局与解放军艺术学院联合录制了盒式录音带《北大荒人的歌》，精选了《北大荒人的歌》《兵团战士胸有朝阳》等12首歌曲，并由中国录音录像出版总社出版发行。

同年12月16日，我陪同总局党委副书记邓灿和总局党委宣传部副部长王广贺来到了哈尔滨市，住进了总局招待所。当天下午，我们把《北大荒人的歌》词作者王德和曲作者刘锡津请来，在这里举行了一个简单的颁发证书仪式——因为总局党委把他俩共同创作的《北大荒人的歌》确定为黑龙江垦区的"垦歌"，总局领导将为这两位有突出贡献者颁发"北大荒人"荣誉证书和1000元奖金。

当邓书记向他们颁发了"北大荒人"荣誉证书和奖金后，两位"北大荒人"分别发了言。

王德感慨地说："这些年来获得的各种证书摞起来有一米多高了，可今天这个证书，我觉得是最珍贵的。因为这不是一个普通的获奖证书，而是百万北大荒人对我们作品的认可，是对我们最高的褒奖。"

刘锡津激动地说："今天获得'北大荒人'这一光荣称号，终生难忘……"

1994年夏天，我参加省委宣传部在漠河召开的"市场经济与文化建设"座谈会。当我在汇报中提到总局把这首歌定为"垦歌"时，可能第一次听这样的简称，与会者都笑了。后来，有人见了我就叫"垦歌"。听到这个称呼，我很自豪。

20多年过去了，如今只要拨打农垦总局的电话，一定会先听到这首歌："第一眼看到了你，爱的热流就涌出心底。站在莽原上呼喊，北大荒啊我爱你……"

"饥渴"的年少时代

有人说50后是"生不逢时"的一代。我从小学到高中读书的10年,赶上"文革"8年。三年困难时期,给我的感觉是饥饿;"文革"对于我们这些处在学习中的孩子来讲,就是文化知识上的饥渴。

贫寒家中求学

1957年3月10日,我出生在二九一农场。

我出生后不久,高烧不退,农场的医疗条件有限。情急之下,父亲借了一个马拉的爬犁,母亲抱着用军大衣裹着的我,坐在爬犁上,连夜赶到了佳木斯第一医院。医生给我诊断后说:"这孩子已经烧成了肺炎,我们这治不了,你们当家长的咋不早来?"父母听了这话,如一声晴天霹雳,第一个男孩已经在3年前扔到了荒原上,难道又要……父亲来不及多想,用央求的口吻说:"行行好,大夫,你们就尽量治吧,治到啥样我们也不会埋怨你们的。"

没想到,我的病居然一天比一天好起来,可以说,我的小命儿当时是捡回来的。

我出生3个月后,父亲和他的几十个战友,又随着他们的首长开拔到远在松嫩平原的嫩江县九三农垦局。

在我的记忆中,应该是20世纪60年代初期。我家住在九三管理局局直与双山火车站中间的一个小村子,叫新村,这里住着几十户人家。这儿离局里不到两公里,也就是今天九三管理局党校对面。那天,姐姐领我来到了九三医院的患者食堂。当时,正是三年困难时期,根本看不到大米白面等细粮。食堂里穿白大褂的赵叔叔,因为弓腰驼背,大人们都叫他"赵罗锅儿"。我当时看着他穿着白大褂,又戴着白帽子,没看出来他是男的,管他叫了声奶奶,给大家逗得前仰后合。后来等我长大了再到食堂去,他看到我时,还让我叫他奶奶呢，臊得我脸通红。

我到了食堂后，赵叔叔搬来个板凳，放在了厨房的地中间，把我抱到了凳子上，我的脚当时还够不到地。他给我拿了一个暄腾的白面馒头，我就看了看我爸爸，好像爸爸没说什么，我就大口地吃了起来。不一会儿，一个馒头造完了，赵叔叔看我好像没吃饱，又给我拿了一个，我又很快地吃没了，等我把第三个馒头吃完时，他不敢再给我了，怕我真的吃撑着。从吃这三个馒头至今，有五十多年了，这是我记忆中吃馒头最香的一次。从那以后，我真想还到爸爸工作的食堂去，可爸爸不让去了，怕人家提意见。那时候，国家不富，小家贫穷。吃了公家的馒头，等于多吃多占，是要犯错误的。

1964 年 3 月，我在九三农垦局子弟校上小学了。每个学期 3 块钱的学费也交不起，我和姐姐回家跟爸爸说学校要收学费了，爸爸就到单位开一张免费的条子，盖上单位的公章，交给学校。后来一直用这种条子，我读完了高中。

在九三管理局生活的日子，是我家经济上最艰难的一段时光。给我留下最深刻记忆的，就是父母朝同事和邻居借钱，再者就是饥饿，仿佛我们的肚皮是永远填不满的无底洞。因为生活在有"北大仓"之称的农场，倒还没有到莫言写他小时候吃煤的那种程度。

我刚上小学时，对语文课没有什么偏爱，上课时只觉得什么都新奇。记得有一次刚学完《列宁的大衣》一课，放学时班主任陈亚芹老师和我们一起回家，正赶上漫天大雪，一阵阵呼啸的北风吹打着我们。

"今天真是北风卷着鹅毛大雪呀……"

我突然冒出这么一句课文中的话，陈老师表扬了我："赵国春用词还挺恰当呢！"

当时我心里很高兴。到家，还没来得及扫完脚上的雪，刚放下书包，我就把这事告诉了娘。娘虽不识几个大字，听说老师表扬我了，也借机鼓励我："好生念书，长大了好有出息……"从那时起，凡是学过的词，我都尽量在平时说话时用上，尽管有时并不恰当，"剜到筐里的都是菜"，好像用过后的词就是我的一样。

娘的话我一辈子也不会忘。娘深受没文化的苦，自打我懂事起，她就拿出一角钱，教我念"中国人民银行"几个字。正当我对学习的各科都很有兴趣的时候，一夜之间，"文革"开始了。

我念三年级那年，学校发的《珠算》《描绿》等课本，都成了废纸。当时只有语文、算术、政治、音乐、体育、图画课。整天也学不了多少课，农忙时到农场生产队帮助干农活儿，每年夏锄和麦收各一次。离开家的日子，虽然有些想家，可伙食总比家里强。每次去农场劳动的十天半月，都是我很开心的日子，除了能解解馋，还能和同学们尽情地玩。老师高兴了，偶尔也上几堂作文课。老师讲了几篇课文，介绍是某某大作家写的，我觉得作家真的很了不起，那时我就想，将来长大了我也当个作家。

1968年6月18日，毛主席圈阅后，以中共中央、国务院、中央军委等的名义，印发了《关于建立沈阳军区黑龙江生产建设兵团的批示》。同年，兵团成立了，九三管理局成了兵团五师。

创作欲望的萌生

1970年3月，我在兵团五师师直中学上初中。学习上开始偏科，对语文非常爱学，对数理化不感兴趣。数学考试，我因为不会答题，又不让提前出考场，无奈，我在卷子上写诗，数学老师石琢看了哭笑不得。若干年后，我们俩在总局医院香坊分院看病时遇见了，都在一个病房打点滴，石老师还说我，当年偏科还能有个用武之地，发挥了写作的长处，有的同学偏科，考不上大学就废了。

在我上初中时，学校经常卖一些语文教学参考书。我酷爱语文，总想多学点，可哪有钱买书呢！紧挨着医院粉坊的地方，有一间医院的豆腐坊。豆腐坊里，有个姓吴的爷爷，他每天不停地做豆腐，除了供职工食堂和患者食堂用外，每天都留两板卖给院里的职工。吴爷爷无儿无女，生活比别人家富裕一些。有两次我去医院找母亲要钱买书，母亲就是从吴爷爷那借的。后来，我再到医院找不到母亲要钱时，我也向吴爷爷借。

十几年后，我也高中毕业了，九三医院患者食堂搬走了，我吃过三个馒头的这个厨房也改成了粉坊。那是 1974 年的秋天，我在家待分配，母亲工作的九三医院家属队（当年的一个称呼）在这里开始漏粉。家家用自己家地里收获的土豆，留足了当年吃的和明年削土豆栽子（相当于种子）用的，剩下的全都送到这里来换粉条。当时许多单位为了改善职工生活，都建有季节性的粉坊。母亲当时身体不好，我来替她干活儿，每天能挣一块多钱。每天上班后，我最盼望的就是午餐，大人们用喂大罗（俄语，一种上口大的半大水桶）煮半桶粉条，到食堂炸两碗辣椒酱，倒在一起一拌，真好吃。我的活儿除了打点零杂，就是搋粉面子。把胳膊洗得干干净净的，几个人围着一口大铁锅，一边搋一边朝着一个方向挪动着。现在想起来，当时几个人一起搋粉面子的动作，真像今天的少数民族舞蹈。忙碌中看着大人们工作时的那种快乐，我就越想早点上班，挣点钱，也好贴补家用。

在家里待业那段时间，我帮助父母干了很多家务。一次，我用一个借来的手推车，往医院粉坊送土豆换粉条。我一个人，推了大概三四麻袋土豆，吃力地往医院走去。走到榆树林（今天九三医院门诊部）时，我往前吃力地推车的时候，一下子被脚下的石头绊倒了。我往前抢了一下，这时我的双手正紧紧握住车把，车把一下子把我右手的小指甲砸伤，指甲盖都砸掉了，就剩一点儿皮肉连着。娘知道后，焦急地把我领到了医院外科，一个医生为我的小指甲进行了小手术。过了好长时间，我的这个小指甲才长出来。

我曾羡慕过有些同学有个当官的爸爸，有个有钱的爸爸……在填履历表时，我总觉得比别人矮一头。我也曾埋怨过爸爸无能：你资格这么老，参加革命这么早，为什么没入党？为什么没当官？可爸爸当时怎么能对一个孩子说得清呢？我总觉得爸爸给我们留下的东西太少了。

爸爸脱下了黄军装，可他一直保持着军人的作风。当时，农场医院里没有血库，遇到急诊病人需要输血，他就赶到医院，那几年，他先后献了 4000 毫升的血。每次抽完血，他都舍不得买点营养品补养身子，营养费全都用来给家里买粮食、给我们买本子了。

在我后来写散文《霜花赋》时，我曾这样赞美我们的父辈："我凝视着美丽的霜花，使我想起了当年为开发北大荒立下了汗马功劳的拓荒者，他们从四面八方涌到这里，在北大荒这张白纸上，描绘着一幅幅美丽的图画，他们洒下的汗水变成了珍珠，他们涉足之处变成了万顷良田。正是他们，给农垦第二代留下了生活的美！然而他们却像霜花一样，并不向人们索求什么便悄悄隐去……"

给出版社投稿

上高中时，我不光写短的顺口溜，还写过好几百句的长诗，像《雷锋之歌》《张勇之歌》等，开始模仿人家。写完后也不知该往哪里投稿，就冒昧地往作家出版社、《黑龙江文艺》投稿，都一一被退回。退稿信多数是铅印的，偶尔发现一封手写的，觉得自己的劳动成果被人尊重了，尽管没发表，心里也很热乎，还常常拿出来给别人显摆。出版社的编辑给我的退稿信，基本上都是提前印好的，然后编辑会在上面和我作品存在的相关问题上，打几个钩。偶尔也能接到编辑部寄来的《马恩列斯论文艺》等学习材料，我也能兴奋好几天，会翻来覆去地读上几遍。

学校里搞征文活动，我积极参加。我还记得初一时，我写了一篇小故事《一块玻璃》，获全校征文三等奖。教我们语文的张本臣老师非常高兴，把我从化学课代表换成了语文课代表。那时我的考试成绩各科相差悬殊，语文在全班排前几名，数学在全班排后几名。当时我就想当一个诗人，一个真正的诗人。我常常做梦，梦到我是全（兵团五师）师部写诗最好的，师里有一张报纸，我是编辑，全师都知道我的诗写得最好。

有一次，我写的作文是《龙江颂》的读后感，代课的赵友仁老师给我打了 100 分。我的作文本就放在全班同学作文本的上面，有一天主抓教学的副校长郭燕龙（后来从九三教师进修校调到河北省廊坊市）看到后，感到很奇怪，作文还能打 100 分？他拿起我的作文本后发现，副标题"龙江颂"的"龙"字，少了一撇，写成了"尤江颂"了。当时这篇几乎从《红旗》杂志上抄的文章，

也因为我的疏忽，最后变成了 98 分。

当时，可读的书又少，我又喜爱文学。一次，我在书店里看到了一本《农村实用手册》，书里除了介绍一些农村应用文外，还介绍了诗歌、小说等文体，这使我欣喜若狂，当我看清了定价后，呆住了，两元零四分。我爱不释手地把书还给了售货员，一口气跑回家向娘说了买书的事，这真把娘难住了。她好不容易找到了一元零五分钱，失望地坐在炕沿上，长长地叹了一口气……突然，她奔到碗架前，伸手端出一只大碗，连连喊着："有了！有了！"接着便流下了喜悦的泪。随着娘的喊声，我看见了，那是一只装着六只鸡蛋的碗。啊！我的心立即颤抖起来。我想到，这是用来换盐吃的。我执意不肯，娘说："傻孩子，快去买书吧。好好学，别像娘这样，当睁眼瞎。"我接过这六只鸡蛋，直奔收购部去了。

那年，我18岁

十八岁那年，正赶上兵团时期，我从兵团五师的四十六团（今天的九三管理局鹤山农场的跃进社区），被借调到了五师师部的师直属粮油加工厂。

因为我家当时就住在五师师部（今天的九三管理局），和我一起被借调回来的还有加工厂子弟四个人，尽管到加工厂当上粮工，就是给榨油车间卸拉黄豆的车，为车间上榨油用的黄豆，尽管每天工作很累，可我的同学们都羡慕我，因为他们大多数还都在农场干农活儿。

当时，加工厂归师后勤部管，师里年底要汇演，后勤部给加工厂布置了创作任务，让我们厂写一个反映工厂生活的话剧。

厂里当时有几个上海知青，是见过世面的人。厂政工股长张亚秋（是我们班同学的母亲，也是管理局赵副局长的夫人，在我们中学当过老师）把这个艰巨的任务交给了他们，其中有个叫李玉和的上海知青执笔，还有吴乐生和当地青年闫克宇参与，写了大概有半个多月。等把剧本拿出来时，大家在会上七嘴八舌地给否了，说得几乎没有可取的地方，主要是没有写好正面的"高大全"式的人物。

有一天，我们贮运车间田玉峰主任让我到张股长办公室。张股长向我说明了剧本创作的经过和遇到的困难后，把修改剧本的任务交给了我。

我说我从来没写过剧本，再说最初写这个本子我也没参与。张股长说："我了解你，在学校你作文写得就挺好，你就别谦虚了，给你半个月假，你写完再来上班，我已经跟你们主任请了假。"

没有办法，我无奈地把这个扎手的活儿接了过来。我想，就算写不好也不要紧，大家提出修改意见后再改。

当时，真是初生牛犊不怕虎啊。就是今天，我也不敢接这个活儿。我把原来的剧本一连看了几遍，又把大家提的修改意见仔细研究一番，还是找不到感觉。我就找到张股长，想撂挑子。后来，张股长说："你别受原来剧本的限制，你这次修改，实际就是推翻重写。"

十几天过去了，那种关在屋里闭门造车的滋味，真是难受。我当时既不懂话剧怎么写，也没有多少工厂的生活积累，就是胆子大，为了完成任务，啥也不怕。

1975年8月，我终于完成了这个独幕话剧《突飞猛进》。

我还记得，剧本是闫克宇用复写纸誊写的，署名五师加工厂业余文艺组编。扉页上清楚地写着："时间：一九七四年秋；地点：某面粉厂；人物：李响，上海知青，团员，入党后代理三车间主任；周师傅：老工人，中共党员，李响入党介绍人；郭教导员：女，厂教导员；张燕：女，哈市知青，团员；郝主任：中共党员，三车间主任，李响入党介绍人；陈祥：中年，副产品保管员；工人：甲、乙。"我在这个话剧中，演工人周师傅。

剧本前面有一段解说词，大意是《突飞猛进》是我厂业余文艺组自编的一场小话剧，它是在丰富多彩的现实斗争中运用革命的现实主义和革命的浪漫主义相结合的文艺创作方法写成的。话剧生动地塑造了李响这个知青典型，他以上海知青的身份出场，但他早在中学读书时就悄悄地编织着理想的花篮。

剧本出来后，也有许多人对剧本不满意，张股长说有意见大家就提，然后小赵根据大家的意见再改一改。我记得是改过两次，后来因为时间关系，我们就匆忙地开始排练了。排练场就在厂文化活动室，每天晚饭后，大家早早地就来到厂里排练。最后，我记得就演了两场，后勤部汇演的事没有了消息。

有一天，我在厂阅览室看到了一本刊物，叫《黑龙江演唱》，后来才知道是省群众艺术馆主办的。我看到上面刊登了一些小剧本，我就大胆地把《突飞猛进》的剧本又誊写了一份，寄给了这个编辑部。

为了证实这段历史，昨天，我又翻出这40年前的回信。大体意思是："寄来的独幕话剧《突飞猛进》读过了，觉得这个剧本反映的生活不够典型、不够实际。在生活中，干部也不能说撤就撤，落后人物也不能公开走后门啊。另外，关于如何写无产阶级英雄人物，也请您能做一番探讨。这个戏的主要人物，是个转变人物，不能算作成长中的英雄，希望能仔细考虑。经研究，不予刊用，原稿退回……"落款是"（1975年）10月10日"，还盖有红色的"黑龙江演唱编辑部"的方章。

那个话剧虽然没写成功，可我对写作方面的热情却越来越高，经常写点顺口溜，在报刊上发表些"火柴盒"和"豆腐块"。最终，我在1987年《人民日报·海外版》发表了我的散文《我的勤奋斋》，1991年百花文艺出版社出版了我的第一本散文集《珍藏的记忆》。作品多次荣获中国传记文学奖、冰心散文奖、丁玲文学奖等。

不管我今后发表多少作品，有多少作品获奖，我永远也不会忘记，也不应该忘记，我十八岁那年写过的独幕话剧《突飞猛进》，因为那是我走进文学创作大门的一种尝试。

我与《辞海》的故事

我喜欢读书，更喜欢写作常用的工具书，就像战士爱钢枪、骑兵爱骏马一样，尤其是已经多年离不开的《新华字典》《现代汉语词典》《辞海》等。当我今天面对各种版本的《辞海》时，不禁想起初中时第一次见到《辞海》的情景。

那是50多年前的事了，我正在家乡读初中。当时，我们的学校是在今天的九三分局印刷厂的位置。我们班的教室在"丁"字形的房子里，我是语文课代表。有一天，我收完了同学们的作文本，到语文教研组去送给老师。我走到门口一看，门大敞四开，屋里却没有人。我把作文本放到桌子上后，发现有个老师的办公桌上放了一本很厚很大的精装书，拿过来一看，是《辞海》。我虽然第一次见到这种书，可我在语文课上多次听到老师提起。我好奇地翻了翻，真好，真有点爱不释手。我真想把它拿回家去看，可又怕老师发现了。我下定决心把它拿走，看完再送回来也行啊！我的思想激烈地斗争了足有十分钟，后来，我把这本书放在了桌子上，出门看了一下，还是没有人来，我就把书包打开了，可那本《辞海》太厚，装在书包里，扣不上扣。实在没有办法了，我干脆就放弃了。回到家里，我一连几天都没有忘记这本《辞海》，有时一闭上眼睛，仿佛就看到了这本书。当时，我暗下决心，将来长大了，一定买一本这样的《辞海》。

现在回想起来，如果当时我真的偷走了，也许老师会在上课的时候跟同学讲，如果同学们真的知道了，也会有人举报的。我如果在学校就落下个"偷书"的名声，工作后怎么办呢？没偷成也没有耽误我写东西，更没有在我幼小的心灵中，埋下不健康的种子。

后来，当我孩子上学时，凡是他需要买的书，或者说他想买的书，我就是省吃俭用也给他买。因为，我一直也没有忘记当年喜欢那本《辞海》时的心情。

寒来暑往，几十年过去了，我喜欢辞书的情结仍然没有变。目前，我已经有了四套《辞海》了。20世纪80年代初，我在九三工交党委当宣传干事时，就请示领导，用公款在新华书店花了55元钱买了一套三卷本的1979年版的《辞海》。我的工作调动时，科里的另外一个同事也想把这本书留下，提前几天已经借去了一本。政工科科长王凤江看到我很喜欢的样子说："你在工交工作期间工作很出色，新闻报道工作取得了很大的成绩，在局里为咱们工交党委也增了光，就把这套《辞海》送给你吧，以后到一个新的岗位了，继续努力。"我当时真是如获至宝，那时候我一个月的工资，也买不来这么一套书啊！我在九三农垦分局工交处政工科工作的7年里，是宣传干事兼团委干事，工作忙碌，也很杂。我当时年轻好胜，工作样样都争第一。为基层每个单位都下达了见报指标，就连工交处机关的科室都有见报任务。多年来，为单位赢得的荣誉，除了局里的"新闻报道先进单位"就是"共青团工作先进单位"。我离开工交的时候，我办公室对面的墙上，挂了一排共青团方面的奖状，我身后的墙上，挂了一排新闻报道方面的奖状。领导和同志们对我的工作都很满意，直到多年后我回九三时，说起这段工作来，大家还是称赞不已。

在佳木斯市居住的10年，我搬了6次家。每次搬家，我把书都装到纸箱里，搬完家后，因为房子太小，我没有及时把箱子全部打开。有一次写东西时需要查《辞海》，可我怎么也找不到了，当时可把我吓坏了。那几天我就连做梦都在找这套《辞海》。直到几天后，我从一个普通的包装箱里把它翻出时，才松了一口气。当时我暗下决心，以后再也不能随便放置这套《辞海》了。

后来，为了查找方便，我又从上海辞书出版社陆续邮购了19本分册《辞海》。因为费用问题，我只能每个月买一本。

2000年我们单位搬到哈尔滨后，我又花了480元钱，在图书批发城买了一套1999年普及版的三卷本《辞海》。前两年，为了工作需要，我又买了九卷本的彩图原大版《辞海》。《辞海》越来越厚，装帧也越来越豪华，可查阅的次数却越来越少。

稿酬趣事

好多初学写作的人，羞于谈稿酬。算不上清高，可能是怕人家笑话。像我们这把年纪的人，早已过了这个时候。

前几天，我接到两个汇款单，加起来 300 多元，是我今年接到稿酬最多的一次。我心里还是很高兴。去幼儿园接孙女回来的路上，我和孙女说："爷爷今天接到稿费了，你知道什么是稿费吗？"

第一次听说这个词的小孙女习惯地答道："一定是好吃的了。""不是好吃的，但是可以买好吃的。""那太好了，我就愿意吃好吃的。"于是，我就领着孙女来到了我家楼下小仓买，让她选了几样好吃的。

说起稿酬的事，使我联想起当年很多和稿酬有关的趣事。当然，还是得先从我得到的第一笔稿酬开始。

1976 年，我当时在九三管理局修造厂当木型工，业余时间我开始给《九三报》、《屯垦戍边报》（今天的《北大荒日报》）和《黑龙江文艺》等报刊投稿。最初那几年，《九三报》和《黑龙江文艺》不发稿费，到年底不是奖励一支英雄牌的金笔，就是发一本什么《马恩列斯论文艺》的内部学习资料。

我得到的第一笔稿酬，应该是 1978 年在《屯垦戍边报》上发表的诗歌《粮山要比群山多》。5 句诗，好像得了 4 元钱。当时，我接到邮局送来的汇款单，没有舍得马上去取，而是拿在手里热乎了好几天，给周围的人看，家里的父母姊妹、单位的同事等。现在想起来，当时的幼稚做法真好笑，凡是有过这种经历的人，也一定能理解当时的心情。

后来我的稿费逐渐就多了，也是因为发表新闻稿件的数量多了。1987 年我发表各类新闻作品 460 多篇（包括照片），稿费达到 1000 多元，快赶上我当时一年的工资了，对改善我的家庭生活起到了巨大的作用。2008 年稿费就达到了 6000 多元，这相当于当时我两个月的工资。

取稿酬遇到最麻烦的事，要数稿酬汇款单上把我的名字写错了。我记得有一次写成了"赵春国"，还有一次是一个外省的报纸，把我的名字写成了"赵国寿"。当时的稿件都是用手抄写，我的字写得又不好，编辑们实在猜不出来了。当然，还有遇到用笔名汇来的稿酬，取的时候也很麻烦，我都得在单位开介绍信，证明那个笔名或者写错的那个名就是我赵国春，才能顺利地取回十元八元的稿酬。

那些年稿酬虽低，可物价也不高呀。我记得我在20世纪80年代初期，每月工资也就40多元吧，可有时候一个月的稿酬都快赶上工资了。这对当时我们家来说，也是一笔不小的收入。

我还记得70年代末我刚学写新闻的时候，我的老师张福宽跟我说，他上个月用稿费给夫人买了一台洗衣机，大概花了140多块钱吧，比他当时的一个月工资还高。夫人从那以后，更支持他起早贪黑地写稿了。我当时也真羡慕他。可为了稿酬写作的想法，当时也无法说出口。

我记得最少的一笔稿酬，应该是黑河地区人民广播电台汇来的，大概是1元5角。在《黑河日报》发表一张照片也就2块钱。黑龙江人民广播电台播出的新闻稿酬基本上都是3元。邮局当时离我们单位虽然不远，可我还是把汇款单攒到月末一起取。既不耽误工夫，又能把零钱凑成整钱。每次接到稿酬后，我都在见报登记本上注明，这样每月能接到多少、每年一共能接到多少，我都能有个数。

在《九三报》当编辑那几年，稿件也没少发表。每周出一期报纸，每人负责编一块版，稿件不够自己采写，需要言论文章自己撰写。有时遇到同事请假外出，我一个人编过四个版，好在给自己的报纸写稿也给稿酬。一年下来能在全国报刊（包括在《九三报》）发表新闻稿件300多篇（包括新闻图片）。1980年就发表了88篇，1983年发表了135篇。到了1984年，黑龙江电视台也开始播新闻了。

我得到的第一本书的稿酬，是在1991年夏天。那年我在百花文艺出版社出版了第一本散文集《珍藏的记忆》，得到稿酬1000元。

我出书得到的最多的一笔稿酬是2000年春天。北方文艺出版社出版了我的传记文学集《荒野灵音》，给我的稿酬税后将近1万元。

我得到单篇作品比较高的稿酬是从《读者》《章回小说》和《中国国家地

理》等杂志得到的。《读者》1998 年发表的《文化名人在北大荒》，给我发了360 元；2001 年 10 月《章回小说》发表我的长篇纪实文学《丁玲在北大荒的日子》，发了 2400 元；2008 年 10 月《中国国家地理》发表我的《东北大米：不可逾越的温饱线》，发给我 2400 元。

这几年工作忙，写得少，稿酬标准多年也不提高，我收到的稿酬也少了。可每次收到稿费后，不管多与少，我都要领着家人到小馆子吃一顿。仿佛他们汇来的不是用作吃饭的费用，而是让我请大家吃饭的由头，让家人也分享我的劳动成果，分享我的快乐。当然，有人陪你花钱、陪你吃饭，本身就是一种快乐。

我的散文处女作

我发表的第一篇散文，应该是 1984 年春天写的《霜花赋》。那年我 27 岁，在九三农垦分局工业公司党委办，负责宣传和共青团工作。我负责的这两项工作，每年在局里评比都能获得先进。为了保持荣誉，上级组织的各项活动，我们都积极参加。

我记得，当时黑龙江省农垦总局工会、文联、团委为了纪念"五四"青年节，联合举办了"在先辈开垦的土地上"征文活动，小说、诗歌、散文都可以参加。我觉得自己诗写得不错，于是就在发表过的诗中选了三首；怕万一落选了，又写了这篇散文《霜花赋》。过了一段时间，评比揭晓了，结果我的诗歌落选了，散文却在 1000 多件应征作品中脱颖而出，得了一等奖。后来，这篇散文发表在《北大荒文艺》增刊上。在今天看来，我写的这篇散文，也没有什么突出的地方，获奖的原因，应该是扣题，符合征文的主题。即使今天读来，也还觉得很亲切。

我酷爱早晨玻璃窗上迷人的霜花。

霜花，北大荒的冬天的天然杰作，每每看到它，都引起我一次次美好的遐想。

记得小时候，到了冬季，我每天早晨起床后的第一件事就是趴在冰凉的窗台上，一边细细地观察着玻璃上瑰丽的霜花，一边好奇地问着大人："霜花为什么这么好看？"但从没得到过正确的答案。有时自己能为从这么几块玻璃上找出有趣的图案而陶醉；有时也为这些霜花过早地消失而惋惜。

在我现在的眼睛里，霜花就更有着美的价值了。不信你看，这些图案中，有的像参天的海南椰林，有的像热带的奇花异草，奇怪的是，每块玻璃上的图案，都别具一格，惟妙惟肖，天天都有创新，决不重样。

有人说它像闻名中外的北大荒版画，线条清晰，构思新颖，想象大胆，给人留下深刻的印象。我说它比北大荒版画更潇洒、豪放，更不见人工痕迹。

也有人说它像构图巧妙的海伦剪纸，剪法明快、朴实。我说它比剪纸更玄妙、神奇，生在窗户上，给人们一种自然美的享受。

霜花，你在万籁俱寂的夜晚，是寒风把你悄悄送到窗上，使人们清晨一睁开眼睛就能得到美的享受，同时，也填补着玻璃上这块空白，让美充满了人间的每个平面。

我凝视着美的霜花，使我想起了当年为开发北大荒立下了汗马功劳的拓荒者，他们从四面八方涌到这里，在北大荒这张白纸上，描绘着一幅幅美丽的图画，他们洒下的汗水变成了珍珠，他们涉足之处变成了万顷良田。正是他们，给农垦第二代留下了生活的美！然而他们却像霜花一样，并不向人们索求什么便悄悄隐去……

我爱霜花，更爱我们农垦先辈！

从那以后，我的散文创作逐年走向了正轨。这一年，我加入了黑河地区作家协会。第二年，我的散文诗《霜花赋》、诗歌《一家一座"小银行"》同时被收入《九三农垦志》。我经郭力老师介绍成为北大荒作家协会会员。

因为常常发点作品，我在管局渐渐有了点小名气。1986年8月，我被调到《九三报》编辑部，编《沃土》文艺副刊。

《九三报》是1977年复刊的农垦企业报，企业报副刊要求依靠广大作者。因此，我倡议组织了"九三垦区文学联谊会"，把全局8个文学社团的130多人组织起来，我担任理事长和沃土文学丛书主编，编印了诗集《最初的旋律》、散文集《早春的鹅黄》。

1981年12月12日，我的另外一篇散文《我的勤奋斋》发表在《人民日报·海外版》上，第二年该文荣获黑河地区优秀文艺作品二等奖。

这篇处女作散文《霜花赋》，除了收入我的第一本散文集、1991年5月由百花文艺出版社出版的《珍藏的记忆》外，还分别收入了1999年9月中国文联出版社出版的我的第三本散文集《荒原随笔》、2004年10月由北方文艺出版社出版的我的第五本散文集《生正逢时》。

应该说，这篇不到千字的散文，对我后来的创作起到了很大的探索作用。如果当时这篇散文落选，我后来也可能不会一心一意地写散文，一写就是二十多年。散文这种深受读者喜爱的文体，我将永远写下去。

我曾遭遇过的盗版

我写的作品，也曾经遭遇过抄袭和盗版。身边的文友们劝我："你应该感到高兴，说明你的作品写得好。"今天的盗版者也很聪明，也有一定的文字功底。据说正版书上出现的几个错别字，盗版时都给改了过来。

我的单篇作品最初遭到盗版的，是1997年第11期《中国农垦》发表的我的纪实文学《文化名人在北大荒》。这篇作品的影响展现，是在1998年第2期《读者》选载后。外地的朋友首先打来电话祝贺，周围的朋友也表示恭喜。我也很长时间处在兴奋之中，十年前我在《人民日报·海外版》第一次发表散文时，也没有这种感觉。据说当时《读者》的发行量在国内是最大的，大概在400多万份。我也是这本刊物的老读者了，确实办得不错。

当时，我工作的单位还在佳木斯市。我们刚刚开完了文代会，我当选为北大荒作家协会的常务副主席。我们几个人来到哈尔滨市，在省文艺干校张罗第二期垦区文学创作讲习班。省文艺干校紧挨着哈尔滨师范大学，一天晚饭后，我们几个人去逛书市，我在地摊上发现了《青年文摘》和《读者》的合订本。我好奇地翻开看了看，很快就发现了我的这篇《文化名人在北大荒》。这两个合订本，都是32开的缩印本，印刷得不清楚，装订得也很粗糙。根据印刷和装订质量，我判断这两本都是盗版。《读者》的合订本上，在我这篇文章的前面，起码还刊登了我的名字。盗版的这本《青年文摘》，连我的名字都没给登。当时，我每样买了一本，想找人理论理论。后来时间一长，也就淡化了这件事情，再说，又能去找谁呢？

十几年过去了，我几次淘汰旧书，都没舍得把这两本合订本抛弃。不管怎么说，也刊登了我的作品呢，留个纪念吧。

我的整部著作也曾经遭遇过盗版，就是2000年1月北方文艺出版社出版的我的传记文学作品集《荒野灵音——名人在北大荒》一书。这部书也是我的最早由出版社纳入出版计划，在全国各大新华书店发行的。当时在全国引起一定的反响，尤其在北大荒人工作和生活的地方。

几年后，我听外地的朋友说，我的这本书已经再版了，可我既没有接到出版社的通知，也没有接到任何人寄来的稿费。一时间，我却在网上也搜索到了这本书，有许多网上的书店在销售。可我与人家联系，都没有音信。于是，我也让在北京的朋友和在天津工作的儿子帮我买一本，我好看看是怎么盗的版，可两年过去了，一本也没有买到。

就在我对这件事逐渐淡忘的时候，也就在去年6月的一天，我突然接到南方寄来的一本书。我打开一看，是从江苏省常州市寄来的我的《荒野灵音》。我再仔细一看，这本书已经不是2000年出版的第一版了。封面的颜色与原来的不一样，责任编辑也换了。最可气的是，把书的勒口处的作者介绍也给删掉了。定价由原来的19.80元，也涨到35元了。看来我的书升值了，我是又高兴又生气。高兴的是我的书在出版了近8年后能够再版，真的不容易。生气的是，我的作品再版我这个作者竟然不知道，就不用说稿酬有没有了。我仔细一看来信，原来读者是个老先生。他还把这本书夸了一番。

他在信中这样写道："时下出版物数不胜数，标牌各异，花枪种种，但满坑满谷多为生猛海鲜之类，既贵又怕吃坏肚子，而实实在在如您著作般的五谷杂粮，反倒成了难得一见的稀罕物，叫人无话可说。"

"拜读《荒野灵音》，对北大荒这一当代史中重要的一页有了更深的感悟。常见皇皇巨著，正襟危坐，高山仰止，总感有些惶惶然，读您的作品，则顿觉心清神爽，受益匪浅。"

"近日重品，遥想您举重若轻的风采，虽不能至，人心向往，不禁妄生冒昧之念，托付鸿雁，奉上尊著，恭请题辞，以感谢您所赐那一片可贵的清心天地。"

看完了这封热情洋溢的来信，我也给他回了一封信，告诉他这本书是盗版的，而且我到处买都没有买到。我给他一本正版的，认真地签上我的名字。

我同时又赠给他一本我新出的书，也签上名字，盖上我的赠书章，一同给他寄回。

没多久，我又接到了这位汪先生的回信，在此不妨也给读者一阅。

赵先生：

您好！

大札、赐著奉悉。

因重读您的著作，深感教益良多，冒昧寄上，敬请题词，蒙您厚爱，更另赐著，既感激，又为给您添的麻烦而感心下不安。

真不好意思，我寄来的竟是一本盗版书，这让我很惊异。您的《荒野灵音》是很严谨的著作，不是那种大红大紫、一蹴而就的快餐之作，居然也会被盗印，很能说明您的著作受欢迎。关于对盗版的追查，我在报纸上也见过类似的报道，一般最终也都不了了之，再无下文，所以我对中国目前的知识产权保护的能力和决心是抱悲观态度的，要想认真追究，只会使自己伤神。我觉得积极地看，盗版书对读者了解北大荒那段珍贵历史，倒是起到了一定的作用。

我原是学中文的，却阴差阳错，从事了工程技术管理工作，只是没有烟酒之嗜，未能忘情于文，业余读一二会心著作。在这浮躁成风之世，还能读到您的作品，真是一种享受。

盼有机会能当面向您讨教。

更令我生气的是，前年有一天我从《农垦日报》上看到了一篇抄袭我的文章。那是《农垦日报》的星期天版，写的是姜昆在北大荒的故事。我多年来养成了这样一种习惯，凡是写北大荒的，尤其是写北大荒文化名人的文章，我都认真看。我读着读着觉得不对，我马上翻出我写姜昆的那篇文章，仔细一对，几乎都是我原来写的。太气人了，我马上就给责任编辑拨通了电话，可责任编辑刚刚出去了。我又给总编辑打电话，总编辑也解释说，他们是从网上下载的这篇文章。我当时要求报社给我更名，给我补发稿酬，给我造成的损失补回来。总编辑说等他们调查一下再说。我也到网上搜索了一下，确实有一篇署这个名字的同样文章。

　　过了一段时间，我的气也消了，这件事我也就不再提。因为，我们的作品经常会遇到白用（不给稿酬）的，有和他们打官司的时间，我们再去写一篇吧。谁让我们在明处，人家在暗处。我们又能去找谁呢？

黑河往事

国庆长假，我们全家来到了边城黑河。第二天早上，秋雨蒙蒙，身上感到了几分寒意。当我们找到《黑河日报》办公大楼时，我真的感到有几分陌生。

办公大楼失去了往日的光环，在我的眼里也没有当年那么高了，仿佛要淹没在附近的楼海里。我在楼前悄悄地拍了几张照片，默默地离开了。我不想打扰楼里的值班人员，估计也找不到认识我的人了。只好把埋藏在心底的回忆，再次珍藏起来。

说起来，我也算一个真正的黑河人。因为我生活了34年的农垦九三管理局，就坐落在黑河市所属的嫩江县境内。

黑河对于我来说，也不陌生。20世纪80年代，我还在九三管理局工交党委办搞报道的时候，经常有稿子发表在《黑河日报》上。1981年11月25日，《黑河日报》副刊"黑水浪花"，发表了我的第一首诗《一家一座"小银行"》，责任编辑是李生霖，后来的责任编辑还有王奕、许宝健。

那些年，我也经常参加黑河地区有关部门召开的会议。当年，我们从九三局到黑河开一次会，比今天从哈尔滨到北京还难。头一天晚上要赶到嫩江县住下。第二天早上天不亮，就得赶到嫩江县客运站。中午时分，客车行驶到大岭边防检查站时，全体乘客下车接受边防部队检查，同时到路边小店吃点饭，有时赶上车况不好，脚冻得像猫咬的一样疼。天黑之前，我们才能到黑河。

有一次会议间隙，我和老友沈重光来黑龙江边散步。我们一边观赏着滚滚的江涛，一边寻找着历史留下的见证，我们努力地在江边的沙滩上走着寻着……老沈惊奇地拾起两枚铜钱，如获至宝似的向我炫耀，这是两枚清朝乾隆年间的铜钱。此时，我仿佛听到了历史长河的涛声。涛声里，有"江东六十四屯"血泊中的怒吼，有江北侵略者的枪声。回来后，我把这些情节写进了我的散文《飞来吧！和平鸽》。

那些年，我已经开始文学创作了，每年都有几篇文学作品在报刊上发表。同时，我也参加黑河地区文联召开的会议。

1985 年 1 月，我加入黑河地区作家协会。5 月 20 日，我和文友沈重光来参加黑河地区文学创作座谈会。前年，我还把座谈会的合影收入《赵国春文集》第 1 卷（2017 年黑龙江人民出版社出版）。我的散文《我的勤奋斋》1987年 12 月 12 日在《人民日报·海外版》发表后，1988 年 8 月获黑河地区优秀文艺作品二等奖。我还清楚地记得，当时评委会通知我得奖后，还补充了一句："按说在国家级报刊发表的作品，本应该评为一等奖的，可你是农垦系统的，只能这样了。"虽然我没得到一等奖，可我还是知足的，一个刚从事创作不久的人，二等奖就足矣了。

我和黑河来往最多的部门，还是黑河日报社。1978 年夏天，我参加了九三管理局党委宣传部举办的首届新闻报道培训班，黑河日报社的李广厚、韩志君老师来到山河农场给我们讲课。韩志君老师还担任局直采访组的辅导老师，热心给我们辅导。1979 年 1 月 15 日，我在《黑河日报》发表第一篇新闻报道《这家粮店越办越好》，1979 年《黑河日报通讯》第一期还刊登了我的《办报要重视语言的准确》。1986 年 5 月 20 日，我被《黑河日报》聘为特约记者。

1986 年 8 月末，我们应邀参加了《黑河日报》创刊 40 周年社庆活动。我和来自各县市的记者们都住在报社楼上。报社还组织我们参观了罕达气金矿，这也是我第一次看到采金的艰难。后来，我也写了一篇题为《黑河金矿行》的散文。庞大的采金船上挖掘离不开水，繁忙的金溜子也离不开水，轰鸣的洗金车间离不开水，整个采金过程就像人类生存需要氧气一样，都离不开水。

奔波了一天，我虽然没有发现一粒金子，然而，我从中却悟出一个比金子还重要的道理：金子发光离不开水的冲刷。这些淘金用的水，从欢蹦乱跳的河里跑来的时候，一身清洁。可等它把裹在矿砂里的金子洗出来的时候，自己却像泥浆一样。

1986 年 8 月 23 日，我的一篇消息发表在《黑河日报》头版头条，引题"打破政工部门的'大锅饭'"，标题是"九三局推广思想政治工作目标管理的经验"，

我自己还配了"思想政治工作要科学化"的"新闻点睛"。署名"本报特约记者"。1988年，我还被《黑河日报》评为优秀特约记者。

1989年夏天，我来黑河参加地区新闻工作者协会组织的活动。第二天，我们参观了爱辉历史陈列馆，游览了黑龙江。随后，我写了一篇题为《龙江水滔滔》的散文。散文是分"游黑龙江""游爱辉历史陈列馆"两个小题写的。这篇散文在《北大荒文学》1990年第2期发表后，1989年荣获首届全国报纸文艺副刊好作品三等奖，入选1990年中国工人出版社出版的文集《生活的彩照》。

我还清楚地记得我在《游黑龙江》这篇中的得意之笔："我们乘坐的游艇行驶在黑龙江主航道上，突然，从后边开来了一艘快艇，不知是谁说了句'看！人家的船多快，一会儿就撵上咱们了……'听了这话，我感到有些自悲，为什么我们总是赶不上人家？此时，我双眼紧紧盯着这艘由远而近的汽艇，好像能从中看出什么破绽似的。

"'不对！是我们的快艇。'待我看清了快艇上插着的五星红旗时，我差点喊了起来。'这不是我们的汽艇吗？'我身旁的人们都感到有点惊奇。此时，使我不由得想起了平时，本来有些方面我们并不落后，可偏偏自己看不起自己。可怕的倒不是暂时的落后，而是自卑。"

黑河文联的《黑水》，后来改为《白桦林》，也曾经多次发表我的作品。我记得责任编辑叫王登权、王国臣和苏连科。后来，我还把苏连科请到九三来给我们文学创作班讲课。

那些年，我的新闻报道和摄影作品还在《黑河教育》、《黑河人口报》、黑河有线广播电台发表。后来，我和《黑河人口报》的主编林盛中也成了朋友。

1991年3月，我调到省农垦总局党委宣传部工作后，就离开了故乡黑河。这些年我也没给家乡丢人。20多年前，我加入了中国作家协会。后来，还当选省民间文艺协会副主席、中国散文学会理事、北大荒作家协会主席，当上了北大荒博物馆馆长。前不久，应邀给省作家协会、省人民出版社、黑龙江日报社、新华社黑龙江分社等单位，分别作了《用文学作品弘扬北大荒精神》的报告。《黑龙江日报》和《奋斗》杂志分别对我进行了报道，称我为"北大荒历史文化的记录者、守护者和传承者"。

2000年初,我们单位从佳木斯搬迁到哈尔滨以后,我还参加过《黑河日报》老主编费春霖召集的黑河老朋友聚会,看来别人也把我当成了一个地地道道的黑河人。

前不久,农垦体制改革后,九三管理局的行政职能和社会职能再次划归黑河市管理,我的故乡九三,名副其实地成为黑河市所辖的一个区域。

成绩的取得,离不开当年《黑河日报》老师的精心培养,离不开文友们的悉心呵护。